Julio César

Julio César
WILLIAM SHAKESPEARE

Traducción, prólogo y notas:
Idea Vilariño

Clásicos Losada
Primera edición: julio de 2004
© Editorial Losada, S. A., 2004
Moreno 3362 - 1209 Buenos Aires, Argentina
www.editoriallosada.com.ar
Impreso en la Argentina
Traducción: Idea Vilariño
Tapa: Peter Tjebbes
Maquetación: Taller del Sur
Queda hecho el depósito que marca la ley 11.723
Libro de edición argentina
Tirada: 1500 ejemplares
ISBN 978-95 0-03-0559-4

Shakespeare, William
 Julio César. - 1ª ed. 2ª reimp. - Ciudad Autónoma de Buenos Aires: Losada, 2017. - 192 p.; 18 x 12 cm. (Clásicos Losada; 643)

 Traducido por: Idea Vilariño
 ISBN 978-950-03-0559-4

 1. Teatro Inglés. I. Vilariño, Idea, trad. II. Título.
 CDD 822.33

Índice

PRÓLOGO
    por Idea Vilariño   9

JULIO CÉSAR   19
    Acto I   21
    Acto II   55
    Acto III   89
    Acto IV   131
    Acto V   165

Prólogo

La aparición de *Julio César* no plantea los problemas que siempre se dan cuando se trata de datar una obra de Shakespeare. Está muy acotada entre dos fechas bastante seguras: no se la menciona en una lista de sus obras publicada en 1598, y quedó el testimonio de un viajero suizo que visitó Londres en setiembre de 1599 y la vio representar entonces en el Globo. Entre ambas fechas, pues, habría sido escrita.* No aparece en ninguna de las tan criticadas ediciones in *quarto*; lo hace en el *Folio* de 1623, siete años después de la muerte del autor, preparada con más respetuoso cuidado por actores de su misma compañía. De ese limpio texto se tomaron las posteriores ediciones de la obra.

Es la segunda del grupo de cuatro tragedias romanas que, se aclara a menudo, no constituyeron una tetralogía ni fueron tampoco contemporáneas: *Tito Andrónico* se ubica en los alrededores de 1593, *Julio César* en 1598 o 99, *Antonio y Cleopatra*, entre 1606 y 1607, y *Coriolano* entre 1607 y 1608. Como todas ellas, toma sus personajes y situaciones de las *Vidas de nobles griegos y romanos*, las *Vidas paralelas*, de Plutarco. Este griego, ciudadano del Imperio

---

* Su publicación fue más tardía.

Romano, magistrado, historiador, viajero, escribió esta obra en el siglo primero de nuestra era. Traducida al latín, despertó en todo el imperio un interés que se mantuvo durante la Edad Media y el Renacimiento. En 1559 Jacques Amyot la tradujo al francés y, en 1579, Thomas North publicó su versión inglesa la que, según se cree, frecuentó Shakespeare. Es evidente que su tragedia se pliega a menudo al texto de Plutarco o, más bien, que el dramaturgo no tuvo reparos en pasar al verso, a veces textualmente, diferentes pasajes de la versión de North. Más de un crítico opina que, más interés que pesquisar esos pasajes lo tiene estudiar en qué medida se aparta el autor del texto de Plutarco, cuáles son las modificaciones, los agregados que introdujo en la historia porque, además de no ser el traslado siempre textual, a menudo el inglés descuida o modifica los lugares o los tiempos que señala el griego, comprimiendo, por ejemplo, el tiempo de los acontecimientos. Por ejemplo, el lapso que va del 15 de febrero –fiesta de las Lupercalias– al 15 de marzo –los Idus de marzo–, se reduce en la obra a una noche, la de la terrible tormenta. Tampoco se prohíbe cambiar un lugar o una situación o modificar una réplica o una actitud o una situación ni se priva de caer en anacronismos, como las campanadas del reloj en la casa de Bruto, si ellos cumplen una función.

Julio César fue, tal vez, escrita para ser estrenada en la inauguración del teatro del Globo. No hay certeza. John Dower Wilson (*El verdadero Shakespeare*, Eudeba, 1964) que relaciona el silencio del autor entre 1601 y 1603, y su vuelco a la tragedia, con graves acontecimientos que se sucedieron por entonces, opina que "si Shakespeare despidió a Essex cuando (tras muchas vacilaciones) marchaba a la campaña en Irlanda, con La *vida de Enrique V*, a su regreso le dio la bienvenida con *Julio César*, cuya representación registrada fue el 21 de setiembre, una semana antes de que el general en desgracia irrumpiera salpicado de lodo y con las botas puestas en la cámara de la reina", que aun no había terminado de vestirse. Después de aquellas postergaciones, una vez en Irlanda, Essex enojó más a Isabel con sus dilaciones inexplicables e, incluso, por parlamentar con el enemigo. Alejado del favor de la reina –que lo había querido y de quien se le había llegado a considerar como posible sucesor–, intenta, después de meses de vacilaciones, un golpe contra el trono, que fracasa, y que terminará con su prisión y su ajusticiamiento. Su amigo, y el de Shakespeare, el Conde de Southampton, se salvó de la muerte por su extrema juventud. Y sigue Dower Wilson: "La rebelión y la ejecución seguidas por la nueva redacción de *Hamlet* como un monumento perdurable a su amigo (y como un intento de comprender su ambigua conducta, insiste el crítico) fueron las experiencias más profundas por las que había pasado jamás. Durante más de dos años, de 1601 a 1603, no escribe nada..." Y, cuando lo hace, ya está en otra tesitura.

Tal vez es *Julio César* la tragedia en que aparecen menos elementos humorísticos. En la década anterior había estado escribiendo una serie de comedias en las que se mezclaba lo trágico, como sucede en *Romeo y Julieta*. En las tremendas tragedias que siguen nunca faltan los pasajes cómicos. En *Julio César* no hay casi humor. Apenas arrancan unas sonrisas algunos parlamentos del comienzo del primer acto, cuando se malentienden tribunos y artesanos. Tal vez se pueda añadir algún estallido del agrio humor de Casca, también en el acto primero. No hay un clown. Tampoco se ve aliviada la adustez del texto por problemas o conflictos amorosos que enriquezcan esa problemática, ese mundo, ese diálogo masculino. Los escasos encuentros entre Bruto y su mujer, y César y la suya nos ponen en presencia de dos parejas diferentes, pero maduras y estables ambas. Los conflictos que se plantean entre ellas no son precisamente amorosos.

Una y otra vez se preguntan los estudiosos de *Julio César*: *Who is the play's tragic hero?* El título parecería dejar en claro este punto: *La tragedia de Julio César*. Pero César, como afirma Derek Traversi, *is in no sense the principal moving force of the tragedy*. Pese a que algunos rasgos de su carácter estén en el origen de la acción, se aproxima más, en todo caso, a una víctima de acontecimientos que programan otros. Son sus victimarios los que desde el comienzo preparan, e incluso viven el conflicto, como Bruto, los que deben llevarlo a la crisis, e, incluso, los que deben pagarlo con sus vidas. César muere al promediar la obra. Y en esa primera parte tiene muy poca intervención; incluso, muy pocos parlamentos: aparece en dos breves pasajes en la segunda escena del primer acto. En el primero de ellos sólo dice unos once parlamentos que, en su mayor parte, ocupan un verso o menos; y, en el segundo, son tres parlamentos más extensos pero el mayor se ocupa no más que de la personalidad de Casio. En la segunda escena del segundo acto, que transcurre en la casa de César –y es la más rica a su respecto– dialoga con Calfurnia, con Antonio y con los conjurados. En el acto tercero, sólo actúa en las tres o cuatro primeras páginas de la muy larga escena primera. Llega al Capitolio con los conjurados, y, en rápido trámite, recibe la muerte. Como se ve, es muy poco para el protagonista de una tragedia. Pese a que su papel no se reduzca a eso. No sólo porque, como ya vimos, algunas fallas de su carácter están en el origen del conflicto y de su muerte; hay más: ya muerto, su cuerpo permanece en escena casi hasta el final del acto tercero, y cumple una función dramática. En el acto cuarto su espectro se aparece a Bruto. En la última escena del acto V, Bruto muere con su nombre en los labios. Pero tomado todo esto en cuenta, no parece suficiente para considerarlo como *the hero of the tragedy*.

Por otra parte, aunque aceptemos que, como en otras tragedias, los protagonistas pueden ser aquí dos, se repite que en ésta resulta difícil equiparar esas dos primeras figuras, no sólo porque César tiene tan poca acción en la obra sino, se repite, porque tiene menos estatura moral que Bruto. Es verdad que las fallas de su personalidad son, desde el primer acto, expuestas por quienes no lo quieren bien, como Casio, que hace aparecer como faltas del gran hombre hasta sus enfermedades y las debilidades físicas que en algún momento lo afectaron –incluso la sed que lo llevó a pedir agua cuando estaba con fiebres en España– o, como Casca, que presenta como un demérito el vahído que sufre en las Lupercalias, e insiste en destacar la reluctancia con que César rechaza una y otra vez la corona que codiciaba y que reiteradamente le ofrece Antonio.

Así lo muestran sus contrarios que, en cambio, no mencionan todo aquello que hizo de él, según las palabras de Bruto en la querella del acto IV, *the foremost man of all this world*. El César histórico no fue sólo un gran general con ambiciones monárquicas. Como militar luchó y extendió las fronteras del Imperio Romano que cubrió la mayor parte de Europa, desde Inglaterra hasta parte de Asia y del norte de África. Pero, además, dictó leyes, fue un reconocido historiador, sus capacidades como astrónomo y como matemático le permitieron llevar a cabo una modificación del calendario, que perduró, fundó una biblioteca pública. A los cuarenta años formaba parte, con Craso y Pompeyo, del primer triunvirato. Muerto Craso en batalla y derrotado Pompeyo por César, quedó como dueño absoluto del poder. Pero los romanos que lo aceptaban y lo admiraban, no querían un rey para Roma. Habían derrocado a Tarquino por el 600 a. C. e instituido una república, que ahora se aproxima a su final pero que aún es defendida con profunda convicción por hombres como Bruto.

Una tragedia es la historia de una persona, escribe Bradley, o, a lo sumo, de dos. Pero con respecto a ésta su planteo es más ambiguo. César, precisa, cuyo asesinato sucede apenas comienza el tercer acto, es, en un sentido, *the dominating figure in the story, but Brutus is the hero*. A su vez, Michael Long se refiere, contrariando el título, a *La tragedia de Bruto*, y demuestra hasta qué punto sus elogiadas cualidades, hijas de su filosofía estoica, distraen de una falla capital por la que "este hombre virtuoso, civilizado, concienzudo, sereno, contenido, logra la más absoluta desolación", y enumera: "la muerte de su amigo, la guerra civil, la derrota, los suicidios de su esposa, de sus amigos, el suyo. Ya Plutarco lo describía como una persona maravillosamente suave y gentil, como un hombre noble, recto y justo, a quien no movían los placeres ni la codicia. Pero la enumeración de sus virtudes, afirma Long, pone más de relieve lo que falla en él, lo que lo lleva al desastre final *as a natural consequence of his being a merely civilized man in a Shakespearean universe*. La crítica cristiana reprocha al estoicismo su falta de *amor*, pero lo que le falta a este estoico, insiste Long, es algo más vital, hecho de "naturaleza, pasión, imaginación, risa, irresponsabilidad". Aquellas cualidades le atraen el afecto de César, de su mujer, del joven Lucio, de Casio; la admiración y el respeto de la gente. En su monólogo del acto segundo –y los monólogos de Shakespeare siempre deben ser creídos (porque el personaje habla a solas, sin motivos para mentir, y así revela pensamientos, estados de ánimo, decisiones)–, Bruto se muestra responsable: no ha dormido desde que le habló Casio, le cuesta acceder al crimen que éste le propone, debe pensarlo mucho, dividido entre su amor por César y su preocupación por la república, pesándolos, meditando en el bien general. No tiene ninguna causa personal para repudiar a César; nunca supo que las pasiones de César dominaran a su razón. Pero es posible que la corona cambiara su naturaleza, y se volviera así un peligro para los romanos.

Pero, por otra parte, el bello carácter que todos le reconocen y que unido a las normas de su filosofía estoica, le han ganado el epíteto de "el noble Bruto", no evitan los diversos errores de juicio que va acumulando y que impone pese a las razones más sensatas que una y otra vez interpone Casio. Insiste ante los conjurados para que no se mate también a Antonio, puesto que para él la muerte de César –que considera casi como un acto ritual– no debe convertirse en una carnicería:

> *Let us be sacrificers, but not butchers*
> *[...]*
> *We shall be called purgers, not murderers.*

Muerto César, insiste también en que se le permita a Antonio hablar en sus funerales, una vez que él mismo haya hablado, equivocándose con respecto al carácter de Antonio y a sus propias posibilidades. Su discurso en medida prosa que, según suponía, debía contrarrestar cualquier peligro que pudiera surgir de las palabras de Antonio, está dirigido a la razón y a los sentimientos cívicos, y evidentemente no es comprendido, puesto que, apenas terminan de oírlo, los romanos quieren llevarlo en triunfo, nombrarlo César y coronarlo. El discurso de Antonio, en verso, y dirigido a mover las emociones de la gente, no su razón, va desacreditando, verso a verso, a los conspiradores, jugando con el calificativo de "honorables" que se va vaciando de valor y cargándose cada vez más de burla y de sarcasmo. Aunque ya desde el segundo verso de Antonio se atribuye a los conjurados el papel que Bruto rehuía:

o, pardon me, thou bleeding piece of earth,
That I am meek and gentle with these butchers.

Julio César, escribe Douglas Trevor (Prólogo a la edición de *Pelican*, 2000), *is a play about people who make mistakes –costly ones– for themselves and their country. No one in the drama is inmune to misreading, misrecognition and miscalculation.*
Marjorie B. Garber en *Dream in Shakespeare*, Y.U.P, 1974, basa su análisis de la obra en el gemido de Titinio, en el acto quinto, en su último parlamento, antes de matarse:

Alas, thou hast misconstrued every thing.

"La obra está llena –dice– de presagios y prodigios, de augurios y de sueños", que en su mayor parte ya estaban en la obra de Plutarco, y que, en general, debieron ser creídos, y no lo fueron. Y esos errores fueron fatales. En algún caso, los hombres equivocaron el testimonio de sus propios ojos. En algún otro, la equivocación fue deliberada como en la interpretación por Decio del sueño de Calfurnia.
Y concluye Garber: *Julius Caesar is a complex and ambiguous play, which does not concern itself*

principally with political theory, but rather with the strange blindness of the rational mind –in politics and elsewhere– to the great irrational powers which flow through life and control it.

Julio César

Acto I

ESCENA I

Una calle en Roma.
(Entran Flavio, Marulo y algunos ciudadanos.)[1]

Flavio:
¡Fuera de aquí! ¡Haraganes, a casa!
¿Acaso es fiesta hoy? ¿Y no sabéis,
siendo trabajadores, que no hay
que pasearse en un día laborable
sin las insignias de la profesión?
¿Y tú, qué oficio tienes, eh? Contesta.

Ciudadano 1:
Bueno, señor, yo soy un carpintero.

Marulo:
¿Y dónde están tu delantal de cuero
y tu regla? ¿Qué estás haciendo aquí
con tus mejores ropas? A ver, tú,
¿qué oficio tienes tú?

---

[1] Flavio y Marulo eran dos de los cinco tribunos del pueblo. La gente del pueblo es llamada en algunas ediciones *citizens* y, en otras, *plebeians*.

Ciudadano 2:
Francamente, señor, comparado con un obrero fino, yo no soy más que, como si dijéramos, un reparador.

Marulo:
Pero, ¿cuál es tu oficio? Sin rodeos.

Ciudadano 2:
Un oficio, señor, en el que confío que puedo trabajar con la conciencia tranquila, que consiste, señor, en remendar suelas enfermas.[2]

Marulo:
¿Qué oficio, pillo; pícaro, qué oficio?

Ciudadano 2:
Os lo ruego, señor, no perdáis los estribos por mi causa.
Aunque, si los perdéis, yo os puedo reparar.

Marulo:
¿Cómo dices? ¿Repararme, insolente?

Ciudadano 2:
Pues, sí, señor; os remendaría.

Flavio:
Eres un zapatero remendón, ¿no es cierto?

---

2   *Bad soles*. Juega con la pronunciación parecida de *bad souls*, almas enfermas.

Ciudadano 2:
Francamente, señor. Me gano la vida sólo con la lezna. Yo no me meto en asuntos de comerciantes, o en asuntos de mujeres, sino en los de todos. Soy, ciertamente, señor, un cirujano de zapatos viejos; cuando están en grave peligro, los salvo. Los mejores hombres que caminaron nunca sobre cuero vacuno, han andado sobre mis artesanías.

Flavio:
Pues, ¿por qué no estás hoy en tu taller?
¿Por qué llevas a ésos por las calles?

Ciudadano 2:
Francamente, señor, para que gasten sus zapatos y conseguir así más trabajo. Pero, en realidad, señor, holgamos para ver a César, y para festejar su triunfo.

Marulo:
¿Festejar qué? ¿Qué conquistas nos trae?
¿Qué vasallos le han seguido hasta Roma
adornando las ruedas de su carro
con las cadenas propias del cautivo?
¡Sois como bloques! ¡Sois como peñascos!
¡Peores que materia inanimada!
Oh, empedernidos, oh, crueles romanos,
¿no conocisteis a Pompeyo? Cuántas[3]
y cuántas veces escalasteis muros,

---

[3] Pompeyo y César participaban del primer Triunvirato en el 6 a. C. Se dice que Pompeyo, un gran general, descuidó el engrandecimiento de Julio César, quien lo derrotó más de una vez en batalla. La última, en Tesalia, desde donde se dirige a Egipto. Allí es asesinado.

sí, y almenas y torres y ventanas
y hasta lo alto de las chimeneas,
con los niños en brazos y os sentasteis
pacientemente, todo el largo día,
tan sólo para ver al gran Pompeyo
atravesando las calles de Roma;
y al ver no más que asomaba su carro
¿no prorrumpisteis en un grito unánime
que hizo temblar al Tíber en su lecho
al escuchar en sus riberas cóncavas
la réplica de vuestros clamoreos?
Y ahora os ponéis la mejor ropa,
y ahora decidisteis que hoy es fiesta,
ahora sembráis de flores el camino
del que sobre la sangre de Pompeyo[4]
viene de triunfar? ¡Fuera de aquí!
Corred a vuestras casas, prosternaos
y rogad a los dioses que suspendan
el castigo que, inevitablemente
debe fulminar vuestra ingratitud.

Flavio:

Idos, idos, queridos compatriotas,
y, en pago de estas faltas, agrupad
a los pobres de vuestra condición;
llevadlos a las márgenes del Tíber
y llorad en su cauce vuestras lágrimas
hasta que la corriente más profunda
llegue a besar sus más altas riberas.

---

4 Referencia a los jóvenes y valientes hijos de Pompeyo que fueron batidos y muertos en España por las fuerzas de César.

(Sale toda la gente.)

Ve si su bajo temple no ha temblado;
se van enmudecidos por su culpa.
Vete hacia el Capitolio por ahí;
yo, por aquí. Despoja las imágenes
que encuentres adornadas ritualmente.

Marulo:
   ¿Podemos hacer eso? Tú bien sabes
que esta es la fiesta de las Lupercalias.[5]

Flavio:
   Eso no importa; de ninguna imagen
deben colgar los trofeos de César.
Daré unas vueltas; dispersaré al vulgo
de las calles. Tú vas a hacer lo mismo
donde veas que se han aglomerado.
Esas plumas que crecen, arrancadas
de las alas de César, han de hacer
que éste vuele a la altura acostumbrada
pues, si no, planearía más allá
de la vista del hombre, y así a todos
nos sumiría en un temor servil.

(Salen.)

---

5   Fiesta que se celebraba anualmente en honor de Lupercus, una divinidad rural, asimilable al dios Pan, que aseguraba la fertilidad de los ganados. Lupercus era también el nombre de la gruta donde una loba amamantó a Rómulo y a Remo.

ESCENA II

Una plaza pública en Roma.
(Entran César, Antonio, –dispuestos para la carrera–, Calfurnia, Porcia, Decio, Cicerón, Bruto, Casio y Casca, a los que sigue una multitud de ciudadanos y un Adivino. Detrás Marulo y Flavio.)

César:
Calfurnia.

Casca:
Haced silencio, ¡eh! Habla César.

César:
Calfurnia.

Calfurnia:
Aquí estoy, señor mío.

César:
Ponte
justamente en el camino de Antonio
cuando él venga corriendo su carrera.[6]
¡Antonio!

Antonio:
¿César, señor mío?

---

6 Carrera que corrían durante esa fiesta los jóvenes nobles, desnudos, quienes golpeaban a quienes se interponían en su camino con tiras de piel de cabra.

César:

                    Antonio,
no te olvides, cuando vengas corriendo
de tocar a Calfurnia. Según dicen
nuestros ancianos, la mujer estéril,
si es tocada en la sagrada carrera,
sacudirá de sí la maldición
de la esterilidad.

Antonio:

              Me acordaré;
si César dice "hazlo", ya está hecho.

César:

Comenzad ya. Y no omitáis ninguna
ceremonia.

Adivino:

      ¡César!

César:

              ¡Eh! ¿Quién me llama?

Casca:

¡Que cese todo ruido! ¡Haced silencio!

César:

¿Quién me ha llamado entre la multitud?
Oí una voz que era más aguda
que la música toda, que gritaba
"César". César se ha vuelto para oírte.
Di.

Adivino:
   ¡Cuídate de los Idus de Marzo![7]

César:
   ¿Quién es?

Bruto:
      Un adivino que os exhorta
   a cuidaros de los Idus de Marzo.

César:
   Traedlo a mi presencia: quiero verlo.

Casio:
   Compañero, sal de la muchedumbre;
   preséntate ante César.

César:
            ¿Qué decías
   hace un momento? Dímelo de nuevo.

Adivino:
   ¡Cuídate de los Idus de Marzo!

César:
   Este es un soñador;[8] despedidle.
   ¡Vamos!

---

7   Se trataba del 15 de marzo. Algunos días, como éste, tenían su nombre.
8   Julio César dice '*a dreamer*', lo que puede traducirse como 'un visionario' o, como lo hace *The shorter Oxford Dictionary*, como el nombre de cierto pájaro pequeñito que acostumbraba a inflar sus plumas.

(Trompetas. Salen todos menos Bruto y Casio.*)*

Casio:
¿Vas a ver la carrera?

Bruto:
                    No. Yo no.

Casio:
Ven, te lo ruego.

Bruto:
No me atraen los juegos. Me falta algo
de esa vitalidad que tiene Antonio.
Pero no quiero, Casio, ser obstáculo
a tus deseos. Me despido.

Casio:
                    Bruto,
te he venido observando últimamente;
tus ojos no me miran tan afables
ni con aquel afecto que solían.
Te muestras muy distante y reservado
con un amigo que te quiere.

Bruto:
                    Casio,
no te engañes. Si he estado reservado
mi expresión preocupada no recae
más que sobre mí mismo. Últimamente,
me perturban pasiones encontradas,
ideas que me atañen sólo a mí

y que tal vez empañan mi conducta.
Pero que eso no aflija a mis amigos
(entre los cuales, Casio, tú te cuentas),
ni veas otra cosa en mi desvío
sino que el pobre Bruto, estando en guerra
consigo mismo, olvida demostrar
su afecto hacia los otros.

Casio:
                        Bruto, entonces,
interpreté muy mal tus sentimientos,
y por esa razón el pecho mío
enterró pensamientos muy valiosos
y reflexiones importantes. Dime,
mi buen Bruto, ¿te puedes ver la cara?

Bruto:
No, Casio, el ojo no se ve a sí mismo
sino por reflexión de otros objetos.

Casio:
Justamente.
Es así, Bruto, y mucho se lamenta
que no tengas espejos que devuelvan
a tus ojos tus escondidos méritos
y así pudieras ver tu propia imagen.
Estando entre los hombres más ilustres
de Roma –excepto César inmortal–
los oí hablar de Bruto y desear
–gimiendo bajo el yugo de esta época–
que el noble Bruto abriera al fin sus ojos.

Bruto:
   ¿A qué peligros me arrastrarás, Casio,
   buscando que halle dentro de mí mismo
   algo que no está en mí?

Casio:
                        Por esa causa,
   prepárate, buen Bruto, para oír,
   ya que tú mismo no podrías verte,
   como en reflejo, lo que yo, tu espejo,
   honestamente, voy a revelarte,
   aquello que aún no sabes de ti mismo.
   No sospeches de mí, mi gentil Bruto.
   Si yo fuera un vulgar bromista, o si
   soliera abaratar mi afecto haciendo
   vulgares votos al primer llegado,
   si supieras que meneo la cola
   tras de los hombres, y que los abrazo
   difamándolos luego, o si sabes
   que estando en el banquete me prodigo
   a todo el grupo de alborotadores,
   considérame, entonces, peligroso.

   (Trompetas, y gritos.)

Bruto:
   ¿Qué significan esos gritos?
   Temo que el pueblo elija rey a César.

Casio:
   Ah, ¿lo temes? Debo entonces pensar
   que no quisieras que suceda así.

Bruto:
   No lo quisiera, Casio, y, sin embargo,
   quiero a César. Pero, dime, ¿por qué
   me retienes aquí tan largamente?
   ¿De qué cosas querías informarme?
   Si es algo que concierne al bien común,
   pon el honor ante uno de mis ojos
   y la muerte ante el otro, porque yo
   los miraré con toda indiferencia;
   pues, y así me favorezcan los dioses,
   mucho más amo el nombre del honor
   de lo que temo el de la muerte.

Casio:
                              Bruto,
   yo reconozco en ti esa virtud
   como conozco tu apariencia externa.
   Pues bien:
   el honor es el tema de mi historia.
   No sé decir lo que tú y otros hombres
   pensarán de esta vida; en cuanto a mí,
   me da lo mismo no vivir que hacerlo
   reverenciando a quien no es más que yo,
   temeroso de algo igual a mí.
   Yo he nacido tan libre como César,
   lo mismo que tú; y ambos hemos sido
   tan bien alimentados como él;
   ambos, como él, podemos soportar
   el frío del invierno. Cierta vez,
   en un día nublado y borrascoso,
   cuando enojado el Tíber embestía
   contra sus bordes, me preguntó César:

"Casio, ¿te animarías a arrojarte
ahora mismo a este furioso río
para nadar conmigo hasta aquel punto?"
No había terminado de decirlo,
cuando yo, equipado como estaba,
me zambullí y lo insté a que me siguiera.
Lo que hizo enseguida. Aquel torrente
rugía, mientras que, con recios nervios,
lo peleamos hendiéndolo y surcándolo
con combativo corazón. Pero antes
de llegar a aquel punto convenido,
gritó César: "¡Socórreme o me hundo!"
Yo, como Eneas, nuestro gran abuelo,
cuando sacó en sus hombros de las llamas
de Troya al viejo Anquises, de las aguas
del Tíber rescaté al cansado César.
Y este hombre se ha vuelto ahora un dios,
y Casio es una pobre criatura
que ha de doblar su cuerpo apenas César
le dirige un saludo descuidado.
Cuando estaba en España tuvo fiebres
y cuando lo atacaban observé
cómo temblaba; sí, este dios temblaba;
voló el color de sus cobardes labios.
Y esos ojos cuya mirada el mundo
reverencia, perdieron su fulgor,
le oí quejarse, y esa boca suya
que exhortó a Roma a que lo distinguiera
y a escribir en sus libros sus discursos,
"¡ay!" gritaba, como una niña enferma,
"¡Titinio, dame algo de beber!"
Oh, dioses, dioses, que me maravilla

que pueda un hombre de tan poca fibra
encabezar el mundo majestuoso
y llevarse la gloria por sí solo.

(Trompetas. Un segundo clamoreo.)

Bruto:
De nuevo el clamoreo. Estos aplausos
los provocan, sin duda, otros honores
que se acumulan sobre César.

Casio:
                              Sí,
hombre, él a zancadas se pasea
como un Coloso, sobre el flaco mundo,[9]
y los ínfimos hombres caminamos
bajo sus grandes piernas y atisbamos
buscando por ahí para nosotros
una tumba sin gloria. Algunas veces
los hombres son los dueños de sus sinos.
Cuando no, no es la culpa de una estrella;
es nuestra, por habernos sometido.
"Bruto" y "César": ¿qué habría en ese "César"?
¿Por qué ese nombre habría de sonar
más que el tuyo? Escribe uno y otro;
el tuyo es tan buen nombre como el suyo;
suena en la boca tan bien como aquél.
Pésalos; pesan igual. Conjura: "Bruto"
incitará tan pronto como "César".

---

9   Referencia al Coloso de Rodhas, enorme estatua de Apolo, cuyas piernas abarcaban la bahía de ese nombre.

Ahora, en nombre de los dioses todos,
¿qué comida alimenta a nuestro César
que se ha vuelto tan grande? ¡Qué vergüenza
para esta época! ¡Roma, has perdido
el poder de procrear hijos nobles!
¿Cuándo, desde el Diluvio, hubo una época[10]
famosa por no más que un solo hombre?
¡Cuándo pudo decirse antes de ahora
respecto a Roma que sus anchos muros
encerraban no más que un solo hombre?
Y ahora en Roma hay demasiado sitio
cuando hay en ella solamente un hombre.
Ah,
tú y yo oímos decir a nuestros padres
que hubo una vez un Bruto
que hubiera tolerado tanto a un rey
como que el diablo gobernara en Roma.

Bruto:

De que me quieres bien no desconfío;
de aquello a que me incitas, tengo idea.
Cómo he pensado de esto y de estos tiempos
te lo diré después. Ahora no.
Por lo tanto, muy afectuosamente,
te pediré que no me instigues más.
He de considerar lo que me has dicho;
oiré con paciencia lo que digas,
y ocasiones tendremos de encontrarnos,
de oír y contestar cosas tan serias.

---

10 No sólo en la Biblia se menciona un Diluvio; también aparecía alguno en la mitología griega.

Noble amigo, hasta entonces, rumia esto:
Bruto preferiría ser aldeano,
antes que reputarse hijo de Roma
sometido a las duras condiciones
que este tiempo, parece, ha de imponernos.

Casio:
Me alegra que mis débiles palabras
hayan logrado arrancar de Bruto
tal despliegue de fuego.

Bruto:
Los juegos terminaron; César vuelve.

Casio:
Toma a Casca del brazo, cuando pasen,
y él, a su modo hosco, te dirá
qué cosas dignas de mención pasaron.

(Vuelve a entrar César *con su séquito.)*

Bruto:
Sí, lo he de hacer; pero fíjate, Casio,
en la enojada sombra que amenaza
desde el ceño de César; los demás
dan la impresión de un consternado séquito.
Calpurnia se ve pálida; Cicerón
mira con ojos fieros e irritados
como le vimos en el Capitolio cuando
algún discurso suyo era impugnado
por otros senadores.

Casio:
　Casca nos va a decir qué pasa.

César:
　　　　　　　　　　　¡Antonio!

Antonio:
　¡César!

César:
　Quiero a mi alrededor hombres obesos,
　hombres lustrosos y que duerman bien.
　Ahí tienes a ese Casio, con su aspecto
　flaco y hambriento. Piensa demasiado.
　Tales hombres son siempre peligrosos.

Antonio:
　César, no es peligroso; no le temas;
　es un romano noble y honorable.

César:
　¡Si sólo fuera algo más gordo! Pero
　no le temo. Mas, con todo, si César
　fuera capaz de miedo, no conozco
　otro hombre al que evitara con más prisa
　que a este delgado Casio. Lee mucho,
　es muy observador, y ve muy claro
　a través de los hechos de los hombres.
　No le gustan los juegos como a ti;
　no oye música; es raro que sonría
　y sonríe de una manera como
　burlándose de sí o como mofándose

de su juicio, por dejarse llevar
a sonreír de algo. Hombres así
nunca están, en el fondo, satisfechos,
cuando ven a alguien que es más grande que ellos
y, por lo tanto, son muy peligrosos.
Más bien te digo lo que es de temer
que lo que temo, pues soy siempre César.
Ponte a mi diestra, que este oído es sordo,
y dime con franqueza lo que piensas
sobre Casio.

(Trompetas. Salen César y su séquito, menos Casca.)

Casca:
             Me tiraste del manto.
¿Acaso querías hablar conmigo?

Bruto:
Sí, Casca; cuéntanos lo que ha pasado
hoy, que César parece tan solemne.

Casca:
Bueno, tú estabas con él. ¿No es así?

Bruto:
En ese caso no preguntaría
a Casca sobre lo que ha pasado.

Casca:
Bueno, le ofrecieron una corona y, al serle ofrecida, la apartó con el dorso de la mano, así; y entonces el pueblo prorrumpió en aclamaciones.

Bruto:
¿Y por qué fue el segundo clamoreo?

Casca:
Bueno, también por eso.

Casio:
Gritaron por tres veces. ¿Por qué fue el tercer grito?

Casca:
Bueno, también por eso.

Bruto:
¿Tres veces le ofrecieron la corona?

Casca:
Sí, seguro; así fue, y él la apartó tres veces, cada vez más gentilmente que la anterior; y cada vez que la apartaba, mis vecinos lo aclamaban.

Casio:
¿Quién le ofrecía la corona?

Casca:
Bueno, Antonio.

Bruto:
Cuéntanos, gentil Casca, de qué modo sucedieron las cosas.

Casca:
Que me cuelguen si puedo decir cómo sucedieron. Fue pura bufonería; no le presté demasiada atención. Vi que Marco Antonio le ofrecía una corona, pero tampoco era una corona; era una de esas coronitas[11] y, como dije, la apartó una vez, pero, pese a todo, a mi parecer, le hubiera complacido conservarla. Entonces, se la ofreció de nuevo; entonces la apartó de nuevo; pero, a mi parecer, le resultó odioso en extremo apartar de ella sus dedos. Y entonces se la ofreció por tercera vez; él, por tercera vez, la apartó y, de nuevo, mientras la rechazaba, la chusma lo aclamaba y aplaudía con sus manos cuarteadas. Y arrojaban al aire los gorros sudados, y exhalaban tal cantidad de aliento hediondo porque César rehusaba la corona, que César casi se sofocó, pues desfalleció y cayó al suelo; yo, por mi parte, no me animé a reírme, por miedo de abrir los labios y respirar ese aire infecto.

Casio:
Pero, vamos despacio, te lo ruego;
¡Cómo es eso! ¿Cesar se desmayó?

Casca:
Cayó al suelo en la plaza, y echaba espuma por la boca, y se quedó sin habla.

Bruto:
Es muy posible; sufre de epilepsia.

11 Coronitas, se explica. Plutarco hablaba de una diadema entrelazada con laurel.

Casio:
No, no; César no sufre de tal cosa,
pero en cambio tú y yo y el recto Casca
tenemos propensión a la caída.[12]

Casca:
No sé qué quieres decir con eso; pero estoy seguro de que César se cayó. Y si no es cierto que el populacho lo aplaudía y lo silbaba, según él les gustaba o les disgustaba, como suele hacer con los actores en el teatro, yo no soy hombre de honor.

Bruto:
¿Qué dijo César cuando volvió en sí?

Casca:
Es muy cierto que antes de caer, cuando vio que la horda de plebeyos se alegraba de que rehusara la corona, abrió su toga de un tirón y les ofreció su cuello para que se lo cortaran. Y si yo hubiera sido un hombre de cualquier oficio, que me fuera al infierno con los bandidos, si no le hubiera tomado la palabra. Así, pues, se cayó. Cuando volvió en sí, dijo que, si había hecho o dicho algo impropio, deseaba que sus señorías consideraran que fue cosa de su enfermedad. Tres o cuatro mujercitas que estaban cerca de mí gritaron "¡Ay, qué buena persona!" Y le perdonaron de todo corazón. Pero no hay que

---

12 Bruto se refiere a la epilepsia, como era habitual, como *the falling sickness*. Casio juega con la frase aludiendo a que son ellos los que corren el riesgo de caer.

hacer caso de ellas. Si César hubiera apuñalado a sus madres, habrían dicho otro tanto.

Bruto:
¿Y después de eso se fue tan abatido?

Casca:
Sí.

Casio:
¿Dijo algo Cicerón?

Casca:
Sí. Habló en griego.

Casio:
¿De qué?

Casca:
Si te dijera de qué no te volvería a mirar a la cara, pero los que lo comprendieron se sonreían entre sí y meneaban sus cabezas. Pero en cuanto a mí eso era griego. Puedo contaros otras novedades: Marulo y Flavio han sido detenidos[13] por haber arrancado sus guirnaldas a las estatuas de César. Que os vaya bien. Habría más tonterías que contar, si pudiera recordarlas.

Casio:
¿Quieres cenar esta noche conmigo, Casca?

---

13 Casca les informa que Marulo y Flavio fueron *put to silence*, lo que a veces se ha interpretado como que se les dio muerte. Plutarco dice que fueron separados de sus cargos.

Casca:
No, hoy ya estoy comprometido.

Casio:
¿Querrías comer conmigo mañana?

Casca:
Sí, si estoy vivo, y tú mantienes la invitación, y tu almuerzo vale la pena de ser comido.

Casio:
Muy bien, te esperaré.

Casca:
Eso es. Que os vaya bien a ambos.

Bruto:
¡Qué pesado se ha vuelto! Cuando iba
a la escuela su humor era más vivo.

Casio:
Y lo es aún si debe ejecutar
alguna noble y arrojada empresa,
aunque adopte esa pose desganada.
Su rudeza es la salsa de su ingenio,
y ella ayuda a que los hombres digieran
con mejor apetito sus palabras.

Bruto:
Así será. Por ahora te dejo:
si mañana quieres hablar conmigo,
iré a verte a tu casa, o, si deseas,
ven a verme que te estaré esperando.

Casio:
Lo haré. Mientras, piensa cómo va el mundo.

(Sale Bruto.*)*

Bien, Bruto, tú eres noble; pero veo
–por la manera cómo está dispuesto–
que tu honesto metal puede labrarse;
por eso es conveniente que se encuentren
las mentes nobles con sus semejantes;
porque ¿quién es tan firme que no pueda
ser seducido? César no me tolera,
pero ama a Bruto. Si yo fuera Bruto,
y éste, Casio, no me complacería.
Arrojaré esta noche a su ventana
notas escritas con distintas letras
como obra de diversos ciudadanos,
concernientes a la alta opinión
que los romanos tienen de su nombre;
que aludan todas, aunque oscuramente,
a la ambición de César. Después de esto,
que se afirme, pues lo sacudiremos;
si no, días peores sufriremos.

(Sale.)

ESCENA III

Una calle. Truenos y relámpagos.
(Entran, por lados opuestos, Casca *con su espada desenvainada y* Cicerón.*)*

Cicerón:
Buenas noches, Casca. ¿Llevaste a César
a su casa? ¿Por qué estás sin aliento?
¿Y por qué estás mirando de ese modo?

Casca:
¿No te afecta que el orden de la tierra
se sacuda como algo vacilante?
Oh, Cicerón, yo he visto tempestades
en que vientos furiosos descuajaban
las nudosas encinas; y también
cómo se hinchaba el ambicioso océano
bramando, echando espuma, para alzarse
hasta las nubes amenazadoras;
pero nunca hasta ahora, hasta esta noche,
crucé el fuego que vuelca una tormenta.
O una guerra civil hay en el cielo,
o, si no, es que el mundo, insolentado
en demasía para con los dioses,
los incita a enviar la destrucción.

Cicerón:
¿Qué es eso? ¿Viste algo más prodigioso?

Casca:
Un esclavo –lo conoces de vista–

alzó su mano izquierda que flameó
ardiendo igual que veinte antorchas juntas,
y sin embargo, insensible al fuego,
quedó sin quemaduras. Además,
–no guardé aún mi espada– al costado
del Capitolio me encontré un león
que, después de mirarme ferozmente,
furioso, se alejó sin molestarme.
Y congregadas sobre algunas ruinas
un ciento de mujeres fantasmales,
demudadas por el miedo, juraban
que vieron caminar hombres en llamas
por las calles, de arriba abajo. Y
ayer el pájaro nocturno, el búho,
permaneció en la plaza del mercado,
incluso al mediodía, ululando
y chillando. Cuando tales prodigios
en conjunción se encuentran, que no digan:
'tienen sus causas' o 'son naturales';
pues yo creo que hay cosas portentosas,
en el país, que aquéllos nos señalan.

Cicerón:
Sin duda es tiempo de extraños sucesos,
pero los hombres pueden explicar
las cosas a su modo, aunque éste
sea contrario al de las cosas mismas.
¿Viene César mañana al Capitolio?

Casca:
Sí, lo hará, porque ha pedido a Antonio
que te avisara que va a estar allí.

Cicerón:
Pues, buenas noches, Casca. Este cielo
tormentoso no es para andar paseando.

Casca:
Pues, adiós, Cicerón.

(Sale Cicerón *y entra* Casio.*)*

Casio:
                ¿Quién anda ahí?

Casca:
Un romano.

Casio:
          Es Casca, por la voz.

Casca:
Tienes buen oído. ¡Qué noche, Casio!

Casio:
Muy agradable para un hombre honesto.

Casca:
¿Quién habrá visto amenazar los cielos
de tal modo?

Casio:
             Los que han visto la tierra
tan colmada de faltas. Por mi parte,
anduve caminando por las calles

arrostrando la noche peligrosa
y así, la ropa abierta, como ves,
he desnudado el pecho al rayo, y cuando
el azul zigzagueante del relámpago
pareció abrir el pecho de los cielos,
me ofrecí como blanco, en el preciso
pasaje de su luz.

Casca:

                ¿Y para qué
tentar tanto a los cielos? A los hombres
corresponde temer y estremecerse
cuando envían los poderosos dioses
tan terribles heraldos como signos
para aterrarnos.

Casio:

                Casca, eres obtuso,
y esas chispas de vida que debiera
haber en un romano, a ti te faltan,
o al menos no las usas. Luces pálido
y alelado, con miedo, estupefacto
por la extraña iracundia de los cielos;
pero si, en cambio, tú considerases
la verdadera causa de por qué
esos fuegos, esas huidizas sombras,
bestias y aves de toda condición,
por qué predican viejos, niños, locos,
de por qué todas esas cosas cambian
sus costumbres y su naturaleza
y sus originales facultades
por alguna monstruosa cualidad,

pues verías que el cielo les infunde
esos poderes para hacer de ellos
sus instrumentos de terror y aviso
cuando una situación no es natural.
Pues bien, Casca, yo podría nombrarte
a un hombre igual a esta espantosa noche,
que lanza rayos, truenos, abre tumbas,
ruge como el león del Capitolio;
un hombre que no es más que tú o yo
en la acción personal y que, no obstante,
ha crecido asombrosamente, y es
tan temible como aquellos fenómenos.

Casca:

Te refieres a César, Casio ¿no?

Casio:

Sea a quien fuere. Hoy los romanos tienen
igual que sus abuelos, fuerza y miembros
pero ¡ay de esta época!, está muerto
el carácter de nuestros padres. Hoy
nos gobiernan, en cambio, los espíritus
de nuestras madres. Nuestra tolerancia,
nos hace parecer afeminados.

Casca:

Pues bien: se dice que los senadores
piensan mañana nombrar rey a César;
y él llevará, por tierra y mar, corona,
en todas partes, salvo aquí en Italia.[14]

---

[14] Los romanos aceptaban que César rigiera el vasto Imperio Romano pero no que tuviera poderes absolutos en Roma.

Casio:
Sé dónde llevaré esta daga, entonces;
Casio librará a Casio de sus lazos.
Así, dioses, hacéis al débil fuerte;
así, dioses, abatís los tiranos.
Ni torreones de piedra ni murallas
de bronce ni asfixiantes mazmorras
ni potentes eslabones de hierro
retendrían la fuerza del espíritu,
porque a la vida, cuando está cansada
de aquellas rejas de este mundo, nunca
le faltan fuerzas para liberarse.
Si sé esto, sepa el mundo que aquella
parte de tiranía que soporto,
puedo yo sacudirla cuando quiera.

(Truenos.)

Casca:
También yo.
Cada cautivo tiene así en sus manos
el poder de acabar su cautiverio.

Casio:
¿Y por qué sería César un tirano,
entonces? ¡Pobre hombre! Yo bien sé
que él no sería un lobo sino porque
sabe que los romanos son ovejas;
ni sería un león, si los romanos
no fueran ciervas. Quien de prisa quiere
encender un gran fuego lo comienza
con débil paja. ¡Qué hojarasca es Roma,

qué basura, qué sobra, cuando sirve
como esa paja para iluminar
una cosa tan vil como lo es César!
Pero, aflicción, ¿a dónde me has llevado?
Tal vez estoy hablando así delante
de un cautivo gustoso. En ese caso,
tendré que responder por mis palabras.
Pero yo estoy armado, y los peligros
me son indiferentes.

Casca:
                    Estás hablando
con Casca, con un hombre que no es
un sonriente delator. Y basta.
Dame la mano, Casio. Tú conspira
para que se remedien tantos males,
y este pie mío ha de ir tan lejos
como el que más.

Casio:
                    Pues, trato hecho. Ahora
sabe, Casca, que ya he comprometido
a algunos de los más nobles romanos
a arriesgarse conmigo en una empresa
de resultado honroso, y peligroso;
sé que están en el atrio de Pompeyo
esperando por mí, ahora mismo;
porque no hay en esta noche horrible
nada que ande o se mueva por las calles;
la apariencia que muestran hoy los cielos
es, como la tarea que emprendemos,
febril, sangrienta, fiera y espantosa.

Casca:
Quédate quieto, ahora, porque alguien
se acerca a toda prisa.

Casio:
      Ese es Cina;
le conozco el andar; es un amigo.

(Entra Cina.)

Cina, ¿a dónde vas, tan apurado?

Cina:
A buscarte. ¿Quién es? ¿Metelo Cimber?

Casio:
No; es Casca; uno que se ha adherido
a nuestro intento. ¿No me están esperando?

Cina:
Me alegro mucho. ¡Qué espantosa noche!
Algunos hemos visto extrañas cosas.

Casio:
¿No me están esperando? Dime, Cina.

Cina:
Sí, te esperan. Oh, Casio, si pudieras
ganar al noble Bruto a nuestra causa...

Casio:
Cálmate, Cina; toma este papel
y procura ponerlo en el sillón

del pretor, de tal manera que Bruto
no deje de encontrarlo; arroja esto
por su ventana, fija éste con cera
sobre la estatua del antiguo Bruto.
Una vez hecho esto vuelve al atrio
de Pompeyo a reunirte con nosotros.
Decio Bruto y Trebonio ¿están allí?

Cina:
Están todos, menos Metelo Cimber,
quien ha ido a buscarte hasta tu casa.
Bueno, pues, correré a distribuir
los papeles, según me has indicado.

Casio:
Hazlo y vuelve al teatro de Pompeyo.

(Sale Cina.)

Vamos, Casca; antes del día iremos
tú y yo a casa de Bruto a hablar con él;
tres partes suyas ya nos pertenecen,
y, después de este encuentro, el hombre entero
se nos entregará.

Casca:
                    Ah, todo el pueblo
lo tiene en gran estimación. Y aquello
que en nosotros parecería un crimen
el favor de que él goza ha de trocarlo
en mérito y virtud, como por obra
de la más rica alquimia.

Casio:
                    Comprendiste
perfectamente su valía, y
hasta qué punto lo necesitamos.
Vamos, porque ya es más de medianoche,
y antes que rompa el día deberemos
despertarlo, y asegurarnos de él.

(Salen.)

Acto II

ESCENA I

En el jardín de Bruto.
(Entra Bruto.*)*

Bruto:
   Vamos. ¡Eh, vamos, Lucio!
   No puedo calcular por las estrellas
   cuán cercano está el día. ¡Lucio, Lucio!
   Yo quisiera que fuera mi defecto
   dormir de modo tan pesado. ¡Lucio!
   ¿Hasta cuándo? ¡Despiértate, te digo!

   (Entra Lucio.*)*

Lucio:
   ¿Me llamasteis, señor?

Bruto:
   Lucio, lleva una vela a mi despacho
   y cuando esté encendida, ven y avísame.

Lucio:
   Muy bien, señor.

(Sale.)

Bruto:
Habrá que darle muerte. Por mi parte,
yo no tengo motivos personales
para golpearle, a no ser el bien público.
Quiere ser coronado. Pero ¿cómo
puede eso cambiar su condición?
Esa es la cosa. Es el día brillante
el que hace salir a la serpiente, y ésta
hace que caminemos con cuidado.
¿Coronarlo? Eso es. Y, de seguro,
le ponemos así un aguijón
que nos pueda dañar a su albedrío.
Existe abuso en la grandeza cuando
ésta aparta al poder de la piedad.
Y en cuanto a César, a decir verdad,
nunca he sabido que sus sentimientos
mandaran más que su razón. Empero
–es común experiencia– la humildad
es la escalera de la ambición joven
a la que el trepador vuelve su rostro;
pero, alcanzado el último peldaño,
vuelve la espalda a la escalera, tiende
su mirada a las nubes y desprecia
los escalones por los que subió.
César podría hacerlo. Hay que evitarlo,
pues, antes de que pueda. Y dado que
la querella, no cuadra a lo que es él,
digamos que, lo que es él, aumentado,
alcanzaría tal o cual extremo.
Pensemos, pues, en él como en el huevo

de una serpiente que, al romper la cáscara,
habría de ser, como su especie toda,
peligroso. Matémoslo en su cáscara.

(Vuelve a entrar Lucio.)

Lucio:
Señor,
la vela está encendida en el despacho.
Buscando un pedernal en la ventana[15]
encontré este papel así sellado;
estoy cierto de que no estaba allí
cuando me fui a la cama.

Bruto:
Bueno, ahora
vuelve a la cama. Aún no amaneció.
¿No son mañana los Idus de Marzo,
muchacho?

Lucio:
Yo no lo sé, señor.

Bruto:
Ve a fijarte en el calendario, y luego
me traes la respuesta.

Lucio:
Sí, señor.

(Sale.)

15 Un pedernal para encender el fuego.

Bruto:
Los meteoros que zumban por el aire[16]
dan tanta luz que bien puedo leer.

(Abre la carta.)

Bruto, duermes; despierta ya y contémplate.
Deberá Roma, etc., ¡Habla, hiere,
haz justicia! Bruto, duermes: ¡Despierta! [17]
A menudo han dejado exhortaciones
semejantes, donde tuve que verlas.
"Deberá Roma, etcétera" es decir,
¿Deberá Roma someterse al miedo
que inspira un solo hombre? Cómo, ¿Roma?
De las calles de Roma mis abuelos
echaron a Tarquino cuando era[18]
llamado rey. "¡Habla, hiere, haz justicia!"
¿Se me incita a que hable y que golpee?
Oh, Roma, yo te hago esta promesa:
¡si se restaura el orden, obtendrás
de la mano de Bruto cuanto pidas!

(Entra Lucio.*)*

Lucio:
Marzo ya derrochó catorce días,
señor.

---

16 Luces diversas producto de la tormenta.
17 La misiva dice *redress,* que se ha traducido como *remedia*, *restaura el orden, haz justicia.*
18 Tarquino, que habría sido el último rey de Roma, fue depuesto y expulsado de Roma por un antepasado de Bruto, por el siglo V a. C.

(Golpean afuera.)

Bruto:
          Muy bien. Ve a la puerta; alguien llama.

(Sale Lucio.)

Desde que Casio por primera vez
me instigó contra César, no he dormido.
Entre el primer impulso hacia algo horrendo
y su culminación, el ínterin
es como una visión, un sueño horrible.
Los agentes de muerte conferencian
con el genio, y el estado del hombre
como un pequeño reino, sufre entonces
los síntomas de una insurrección.

(Vuelve a entrar Lucio.)

Lucio:
Está en la puerta vuestro hermano Casio,[19]
señor, quien dice que desea veros.

Bruto:
¿Está solo?

Lucio:
                  No; hay otros con él.

---

19 *Hermano*, es decir cuñado. Estaba casado con la hermana de Bruto.

Bruto:
¿Los conoces?

Lucio:
No. Llevan los sombreros
encasquetados hasta las orejas,
y sus caras a medias escondidas
por sus mantos; así que no hay manera
de que los reconozca por su aspecto.

Bruto:
Que pasen.

(Sale Lucio.)

Estos son los conjurados.
¡Conspiración! ¿Acaso te avergüenzas
de exhibir tu amenazador semblante
de noche, cuando el mal anda más libre?
¡Ah!
¿Entonces, dónde encontrarás de día
una caverna lo bastante oscura
como para encubrir tu horrible rostro?
No la busques, conspiración, encúbrelo
con la sonrisa y la afabilidad;
pues si te muestras con tu propio rostro
ni el propio Erebo es lo bastante oscuro[20]
para esconderte y no ser descubierta.

---

20 El Erebo era un equivalente del infierno católico en la mitología griega.

(Entran los conspiradores: Casio, Casca, Decio, Cina, Metelo Cimber y Trebonio.*)*

Casio:

Creo, Bruto, que somos indiscretos
turbando tu reposo. Buenos días.
¿Molestamos?

Bruto:

       Ya estaba levantado;
estuve despierto toda la noche.
¿Conozco yo a los que vienen contigo?

Casio:

Sí, a todos ellos; y no hay aquí nadie
que no te honre. Y cada uno de ellos
desea que tú tengas de ti mismo
esa misma opinión que de ti tiene
todo noble romano. Este es Trebonio.

Bruto:
Bienvenido a mi casa.

Casio:

       Y Decio Bruto.

Bruto:
Bienvenido también.

Casio:

       Y este otro es Casca,
y éste es Cina, y éste, Metelo Cimber.

Bruto:
Todos son bienvenidos.
¿Qué cuidados alertas se interponen
entre la noche y vuestros ojos?

Casio:
                            Bruto,
¿me permites una palabra?

(Cuchichean.)

Decio:
El este queda allí. ¿No rompe el día
por ese lado?

Casca:
            No.

Cina:
              Perdón, señor,
sí, y esas franjas grises que bordean
las nubes, son mensajeros del día.

Casca:
Confesaréis que estáis errados ambos.
Donde apunta mi espada sale el sol
que es un largo camino más al sur,
dada la joven epoca del año.
Dentro de unos dos meses, más arriba,
más al norte dará su primer fuego;
y el alto este, como el Capitolio,
queda directamente allí.

Bruto:
                    Ahora,
dadme, uno por uno, vuestras manos.

Casio:
  Y juremos nuestra resolución.

Bruto:
  Ah, pero no, nada de juramentos:
  si no son suficientes nuestros rostros,
  el dolor que soportan nuestras almas
  ni los abusos del presente... si ésos
  son débiles motivos, separémonos;
  vuelva a su ocioso lecho cada uno;
  y siga la arrogante tiranía
  su curso hasta que caiga cada hombre
  cuando le toque; pero si éstos tienen,
  como yo creo, el suficiente fuego
  para incitar a los cobardes, y
  para armar de valor el blando espíritu
  de las mujeres, bueno, compatriotas,
  ¿qué necesidad hay de otro acicate
  que nos incite –a más de nuestra causa–
  a restaurar el orden? A unos romanos
  discretos, que ya dieron su palabra
  y no traicionarán, ¿qué otros lazos?
  ¿Qué juramento más que el compromiso
  de la honradez con la honradez a que esto
  se cumpla o a morir en la demanda?
  Que juren sacerdotes y cobardes,
  arteros, viejas débiles carroñas,
  y almas sometidas que agradecen

los ultrajes; juren por malas causas
los que engañan con ellas a los hombres;
en cambio, no vayamos a manchar
la severa virtud de nuestra empresa
ni el indomable temple de nuestro ánimo
suponiendo que esta causa, esta acción,
necesiten un juramento, cuando
cada gota de sangre que en sí lleva
cada romano, noblemente, se hace
culpable de diversas falsedades
si rompe la más mínima partícula
de cualquiera promesa que haya hecho.

Casio:
¿Y qué hay de Cicerón? ¿Lo sondearemos?
Creo que se pondrá de nuestra parte
firmemente.

Casca:
                No le dejemos fuera.

Cina:
Oh, no, de ningún modo.

Metelo:
                   Que se una
a nosotros. Sus cabellos de plata
nos ganarán una buena opinión
y votos a favor de nuestros actos:
se dirá que sus juicios dirigieron
nuestras manos; no serán tan visibles
nuestra rudeza y nuestra juventud
porque las va a cubrir su dignidad.

Bruto:
Ah, no; no hablemos de él; no nos confiemos
a él, que nunca habrá de seguir algo
comenzado por otros.

Casio:
                    Pues dejémosle.

Casca:
Verdaderamente, no nos conviene.

Decio:
¿Nadie será tocado salvo César?

Casio:
Bien, Decio. No creo conveniente
que Antonio, a quien César quiere tanto,
deba sobrevivirle. Ya veremos
que es hábil intrigante; y, sabéis,
si mejora sus métodos, tal vez
llegue tan lejos que nos dañe a todos;
para evitar tal cosa, caigan juntos
César y Marco Antonio.

Bruto:
                    Nuestra acción
parecerá sangrienta en demasía,
Cayo Casio, cortando la cabeza
y arrancando los miembros enseguida,
como si hubiera cólera en la muerte
y crueldad después, que no es Antonio
sino un miembro de César. Que nosotros

seamos, Casio, sacrificadores,
pero no carniceros. Nos alzamos
contra el espíritu de César, pero
no hay sangre en el espíritu del hombre.
¡Ah, si fuera posible que alcanzásemos
su espíritu sin desmembrar a César!
Pero, ay, César debe sangrar por esto
y, amigos, habremos de matarlo
con osadía pero no con ira,
trinchémosle como si fuera un plato
apto para los dioses; no lo hachemos
como una res buena para los perros,
que nuestros corazones hagan como
el amo astuto que induce a sus hombres
a un acto de furor y que, después,
parece reprobarlos. Eso hará
que nuestro intento pueda resultar
un acto necesario, no perverso.
Y, si parece así a ojos de todos,
han de llamarnos purificadores,
nunca asesinos. En lo referente
a Marco Antonio, descartadle, porque
no puede hacer más que el brazo de César
una vez que éste pierda su cabeza.

Casio:
Sin embargo, le temo, porque, a causa
del arraigado amor que tiene a César...

Bruto:
Ay, buen Casio; no te preocupe Antonio.
Si ama a César, cuanto puede hacer

será contra sí mismo; él podría
tomarlo a pecho y morir por César;
pero eso sería demasiado,
porque es aficionado a los deportes,
a la disipación y a las reuniones.

Trebonio:
No hay por qué temerle; que no muera,
pues vivirá, y ha de reírse de esto.

(El reloj da la hora.)

Bruto:
¡Silencio! Oíd el reloj.

Casio:
                     Dio las tres.

Trebonio:
Es hora de partir.

Casio:
                Pero está en duda
que César salga hoy; últimamente
él se ha vuelto supersticioso, contra
las opiniones que tenía antes
sobre visiones, sueños y presagios.
Tal vez estos prodigios que se vieron,
el terror desusado de esta noche
y la opinión de sus augures, logren
retenerlo lejos del Capitolio
por el día de hoy.

Decio:
                    No preocuparse.
Si eso decide, puedo convencerlo;
porque le gusta oír que el unicornio
se caza traicionándolo con árboles,
los osos, con espejos, los leones
con redes, con un hoyo el elefante,
y el hombre con lisonjas. Pero cuando
digo que César odia las lisonjas,
dice que sí las odia, y es entonces
cuando Cesar más lisonjeado es.
Dejadme hacer.
Puedo inducirlo a lo que nos conviene
y así lo llevaré hasta el Capitolio.

Casio:
No; iremos todos a buscarle allá.

Bruto:
¿Lo más tarde a las ocho?

Cina:
                         Lo más tarde;
  no vayáis a fallar.

Metelo:
             Cayo Ligurio
no quiere a César; éste lo riñó
porque ensalzó a Pompeyo. Me pregunto
si nadie entre vosotros pensó en él.

Bruto:
> Ve por él, buen Metelo; él me estima,
> y le he dado motivos para ello.
> Envíamelo; le persuadiré.

Casio:
> Ya se nos viene la mañana, Bruto,
> te dejamos. Y, amigos, dispersaos;
> pero recordad bien lo que hemos dicho;
> mostraos como auténticos romanos.

Bruto:
> Señores,
> hemos de parecer frescos y alegres;
> no dejemos que nuestro aspecto anuncie
> nuestros planes; como nuestros actores,
> mostremos un espíritu sereno
> y una bien controlada dignidad.
> Con esto, buenos días para todos.

(Salen todos, excepto Bruto.*)*

> ¡Muchacho! ¡Lucio!
> Duerme profundamente. Bien, no importa:
> goza del dulce rocío del sueño,
> tú, que no tienes alucinaciones
> ni ves apariciones como aquellas
> que atraen al cerebro de los hombres
> las preocupaciones. Es por eso
> que duermes con un sueño tan profundo.

(Entra Porcia.*)*

Porcia:
  ¡Bruto, mi señor!

Bruto:
              Porcia, ¿qué deseas?
  ¿Por qué estás levantada tan temprano?
  No es conveniente para tu salud
  que así expongas tu frágil organismo
  al crudo frío matinal.

Porcia:
              Tampoco
  es bueno para ti. Descortésmente,
  te deslizaste, Bruto, de mi lecho;
  y anoche, cuando estábamos cenando,
  te levantaste de repente, y
  con los brazos cruzados te paseabas
  reflexionando y suspirando. Y cuando
  te pregunté lo que te sucedía,
  me miraste de modo poco amable.
  Te volví a suplicar que me dijeras;
  y entonces te rascaste la cabeza
  y golpeaste con impaciencia el suelo;
  insistí aún y aún no contestaste,
  y tu mano, con enojado gesto,
  me hizo entender que te dejara solo.
  Eso hice temiendo que arreciara
  ese enojo que ya me parecía
  áspero por demás y, pese a todo,
  esperando que fuera nada más
  que un mal humor como el que en todo hombre
  alguna vez encuentra su momento.

No te deja comer, hablar, dormir,
y, si modificara tu apariencia
tanto como ha cambiado tu carácter,
no podría reconocerte, Bruto.
Mi querido señor, deja que sepa
cuál es la causa de tu pesadumbre.

Bruto:
No ando muy bien de salud, y eso es todo.

Porcia:
Bruto es sensato y, si estuviera enfermo,
buscaría la forma de curarse.

Bruto:
Pues eso hago. Mi querida Porcia,
vete a la cama ya.

Porcia:
               Bruto está enfermo,
¿y es saludable que ande desceñido
aspirando el vapor del alba húmeda?
¡Cómo! ¿Bruto está enfermo y se escabulle
de un confortable lecho, arriesgándose
a la vil pestilencia de la noche,
tentando al aire impuro y contagioso
para acentuar su mal? No, Bruto mío,
hay en tu mente un pesar que te daña
que, por derecho de mi posición,
yo debo conocer; y, de rodillas,
por la beldad que un día me alabaste,
por tus votos de amor, por ese voto

que nos incorporó y nos hizo uno,
te conjuro me descubras a mí,
a ti, a tu mitad, lo que te pasa,
qué hombres te visitaron esta noche;
porque aquí estuvieron seis o siete
que ocultaban el rostro aun de las sombras.

Bruto:
No te arrodilles, gentil Porcia.

Porcia:
No fuera necesario si tú fueras
el gentil Bruto. Dime, ¿entre los lazos
del matrimonio acaso se ha exceptuado
el que conozca yo secretos tuyos?
Yo soy tú, sí, pero, como si fuera
con restricciones; para acompañarte
a la mesa, dar solaz a tu lecho
y conversar contigo algunas veces.
¿Sólo habré de vivir, en los suburbios[21]
de tu placer? Si no es más que eso, Porcia
no es la mujer de Bruto; es su manceba...

Bruto:
Tú eres mi fiel y mi honorable esposa,
tan querida como las rojas gotas
que visitan mi triste corazón.

---

21 *Suburbs*, suburbios, parece tener mayor carga significativa por los versos que siguen, puesto que en el Londres de Shakespeare, los burdeles se ubicaban en los suburbios.

Porcia:
Si eso fuera verdad, conocería
ese secreto tuyo. Reconozco
que soy una mujer, pero, a la vez,
soy aquella mujer que el digno Bruto
eligió por esposa. Reconozco
que soy una mujer pero, a la vez,
una mujer de alta reputación,
la hija de Catón. ¿Y tú no crees[22]
que teniendo tal padre y tal marido
sea más fuerte que otras de mi sexo?
Te he dado ya una prueba fehaciente
de fortaleza hiriéndome a mí misma
aquí, en el muslo, por mi voluntad.
¿Pude sobrellevarlo con firmeza
y no el secreto de mi esposo?

Bruto:

¡Dioses!
hacedme digno de esta noble esposa.

(Golpean adentro.)

¡Oye, oye! Alguien golpea, Porcia;
vete ahora; pronto tu corazón
compartirá el secreto de mi pecho.
Te explicaré todos mis compromisos,
cuanto está escrito en mi apenado rostro.
Déjame ya.

---

22 Catón, de reconocidas moral e integridad, fue un seguidor de Pompeyo que se mató para no caer cautivo de César.

(Sale Porcia.)

Lucio, ¿quién ha llamado?

(Vuelve a entrar Lucio con Ligario.)

Lucio:
Hay un enfermo aquí que quiere hablaros.

Bruto:
Ligario, aquél a quien nombró Metelo.
Muchacho, vete. ¿Qué? Cayo Ligario.

Ligario:
Os doy los buenos días, débilmente.

Bruto:
¡Ah, qué tiempo elegiste, bravo Cayo,
para andar de bufanda! ¡Ojalá
no estuvieras enfermo!

Ligario:
No lo estoy,
si Bruto lleva a cabo alguna empresa
que mereciera el nombre del honor.

Bruto:
Tal empresa me propongo, Ligario,
si tu oído está sano para oírme.

Ligario:
Pues, por todos los dioses ante quienes

se inclinan los romanos, yo depongo
aquí mi enfermedad. ¡Hijo valiente,
heredero de honorables ancestros!
Tú, como un exorcista has levantado
mi espíritu letárgico; ordéname
y he de enfrentarme aún con lo imposible;
sí, y he de conseguirlo. ¿Qué hay que hacer?

Bruto:
Una labor que ha de curar enfermos.

Ligario:
¿Pero no hay algún sano que enfermar?

Bruto:
Podríamos también, querido Cayo;
lo que hay que hacer te lo he de revelar
mientras nos dirigimos hacia aquél
a quien debe ser hecho.

Ligario:
                    Adelante,
que ahora yo con renovados bríos
te sigo para hacer lo que no sé;
pero basta con que me guíe Bruto.

Bruto:
¡Seguidme entonces!

(Salen.)

ESCENA II

Casa de César. Rayos y truenos.
(Entra César *con su túnica de noche.)*

César:
   Esta noche ni el cielo ni la tierra
   estuvieron en paz. Calfurnia en sueños
   por tres veces gritó: "¡Eh, eh, socorro!
   ¡Matan a César!" ¿Hay alguien aquí dentro?

   (Entra un Sirviente.*)*

Sirviente:
   ¡Señor!

César:
         Ve a decir a los sacerdotes
   que hagan el sacrificio y repórtame
   sus opiniones sobre el resultado.

Sirviente:
   Así lo haré, señor.
   (Sale. Entra Calfurnia.*)*

Calfurnia:
   César, ¿qué vas a hacer? ¿piensas salir?
   Hoy no vas a moverte de tu casa.

César:
   César saldrá. Los que me amenazaron
   sólo vieron mi espalda. Al ver el rostro
   de César, se desvanecieron.

Calfurnia:
                            César,
nunca presté atención a los presagios,
pero ahora me asustan. Dentro hay uno
que, aparte de lo ya visto y oído,
relata las visiones más horrendas
que los que están de guardia han presenciado:
una leona que parió en la calle,
y tumbas que bostezan y que arrojan
sus difuntos; guerreros impetuosos
y furiosos que luchan en las nubes,
en filas y escuadrones y en correcta
formación militar, haciendo que
llovizne sangre sobre el Capitolio;
el ruido de la lucha atruena el aire,
los caballos relinchan, se lamentan
los moribundos; los fantasmas chillan
y andan vociferando por las calles.
¡Oh, César! Esas cosas son insólitas
y las temo.

César:
              ¿Cómo puede evitarse
aquello cuyo fin han decidido
los poderosos dioses? Y, no obstante,
César saldrá, pues esas predicciones
son para todo el mundo, y no sólo
para Cesar.

Calfurnia:
                Cuando muere un mendigo,
no hay cometas que ver. Los propios cielos
se incendian por la muerte de los príncipes.

César:
Los cobardes se mueren muchas veces
antes que mueran. El valiente prueba
sólo una vez el gusto de la muerte.
De todos los prodigios que he escuchado
el más extraño es que los hombres teman,
ya que la muerte, inevitable fin,
va a venir cuando tenga que venir.

(Entra el Sirviente.*)*

¿Qué dicen los augures?

Sirviente:
                    Desearían
que por hoy no salgáis de vuestra casa.
Al sacar las entrañas de la víctima
no pudieron hallar el corazón
del animal.

César:
            Los dioses hacen esto
para vergüenza del cobarde. César
sería un animal sin corazón
si por miedo se quedara hoy en casa.
No; César no hará tal. Sabe el Peligro
que César es más peligroso que él:
ambos somos leones que nacieron
el mismo día, y yo soy el mayor,
y el más temible. Y César va a salir.

Calfurnia:
> ¡Ay, señor mío! Toda tu prudencia
> fue disipada ya por tu confianza.
> No salgas hoy; aduce que es mi miedo,
> y no el tuyo, que te retiene en casa.
> Enviaremos al Senado a Antonio
> y él les dirá que hoy no estás muy bien:
> hazme caso; te pido de rodillas.

César:
> Marco Antonio dirá que no estoy bien;
> me quedo en casa para complacerte.

(Entra Decio.)

> Aquí está Decio Bruto; él lo dirá.

Decio:
> ¡César, salve! ¡Buenos días, gran César!
> vengo para ir con vos hasta el Senado.

César:
> Vienes en buena hora; llevarás
> mis saludos para los senadores
> y les informarás que no he de ir;
> que no me atrevo es falso, que no puedo,
> más falso aún, hoy no iré al Senado;
> diles eso, Decio.

Calfurnia:
>   Di que está enfermo.

César:
  ¿César enviará una falsedad?
  ¿Tanto extendí mi brazo en la conquista
  para temer decirles la verdad
  a algunas barbas grises? Diles, Decio,
  que César no irá hoy.

Decio:
              Ilustre César,
  sepa yo algún motivo para que
  no se burlen de mí cuando les diga.

César:
  El motivo es mi voluntad: no iré;
  eso basta para satisfacer
  al Senado; pero, como te estimo,
  y para tu propia satisfacción,
  te informo que Calfurnia, aquí presente,
  mi mujer, me ha retenido en casa;
  soñó anoche que veía mi estatua
  que al modo de una fuente de cien chorros
  vertía pura sangre; y que, alegres,
  iban muchos romanos sonrientes
  y bañaban sus manos en la sangre:
  ella interpreta esto como avisos
  y presagios y daños inminentes;
  y me ha suplicado de rodillas
  que hoy me quedase en casa.

Decio:
  Ese sueño está mal interpretado;
  fue una visión bella y afortunada:

tu estatua echando sangre por cien chorros
donde tantos romanos sonrientes
se bañan, significa que de ti
la gran Roma extraerá una sangre
vivificante, y que los grandes hombres
se esforzarán en obtenerla para
sus reliquias, blasones y divisas.
Tal significa el sueño de Calfurnia.

César:
Muy bien lo has explicado.

Decio:
                    Y más bien
cuando oigas lo que aun puedo decirte.
Pero sábelo ya:
ha resuelto el Senado otorgar hoy
una corona al poderoso César;
si mandas avisar que no vendrás,
es posible que cambie de intención.
Y es fácil que alguien diga en son de burla:
"Levantad el Senado hasta otro día;
hasta que la mujer de César tenga
mejores sueños". Si César se oculta
¿no murmurarán: "César tiene miedo"?
Y perdóname, César pues mi grande,
muy grande amor por tu engrandecimiento
me manda que te diga todo esto
y mi razón obedece a mi afecto.

César:
¡Calfurnia, qué alocados me parecen

ahora los temores que sentías!
Me avergüenzo de haber cedido a ellos.
Dame mi manto, porque voy a ir.

(Entran Publio, Bruto, Ligario, Metelo, Casca, Trebonio *y* Cina.*)*

¡Y mirad! Aquí viene Publio a llevarme.

Publio:
Buen día, César.

César:
                  Publio, bienvenido.
¡Cómo! Bruto, ¿también tú madrugaste?
Buen día, Casca. Tú, Ligario, César
no fue nunca tan enemigo tuyo
como esa fiebre que te ha consumido.
¿Qué hora es?

Bruto:
                  César, han dado las ocho.

César:
Os doy las gracias por vuestra molestia
y vuestra cortesía.

(Entra Antonio.*)*

¡Ved! Marco Antonio, aunque trasnocha tanto,
está ya en pie. Buenos días, Antonio.

Antonio:
Buenos días para el muy noble César.

César:
¡Haced que adentro se preparen! Mía
es la culpa de hacer esperar tanto.
Qué tal, Cina; qué hay, Metelo; Trebonio.
Tengo ya reservada una hora,
para hablar con vosotros. Acordaos
que hoy debéis visitarme; ubicaos
cerca de mí, para que os recuerde.

Trebonio:
Lo haré, César. *(Aparte.)* Tan cerca voy a estar
que tus buenos amigos desearán
que me hubiera quedado algo más lejos.

César:
Pasad, buenos amigos, y probad
este vino conmigo que, enseguida,
saldremos todos juntos, como amigos.

Bruto *(Aparte)*:
Un "cómo" no es igual a otro, oh, César;
el corazón de Bruto se conduele
pensando en ello.

(Salen.)

ESCENA III

Roma: una calle cerca del Capitolio.
(Entra Artemidoro *leyendo un papel.)*

Artemidoro:
   César, cuídate de Bruto, presta atención a Casio; no te acerques a Cina; no confíes en Trebonio; sospecha de Metelo Cimber; Decio Bruto no te quiere bien; has ofendido a Cayo Ligurio. En todos estos hombres no hay más que un solo pensamiento, y éste va contra César. Si no eres inmortal, cuídate. Ser confiado abre paso a la conspiración. ¡Que los dioses poderosos te protejan! Tu amigo,
                              Artemidoro.

   Aquí me quedaré hasta que César pase,
   se lo daré como un solicitante.
   Mi corazón lamenta que no pueda
   la virtud vivir fuera del alcance
   de los colmillos de los envidiosos.
   Cesar,
   si lees esto, podrías vivir.
   Si no, los Hados no te han de salvar;
   con los traidores van a conspirar.

   (Sale.)

ESCENA IV

*Otra parte de la misma calle, ante la casa de Bruto.
(Entran* Porcia y Lucio.*)*

Porcia:
Muchacho, por favor, corre al Senado;
ni te detengas para contestarme.
Ponte en camino. ¿Qué estás esperando?

Lucio:
Señora, no conozco mi recado.

Porcia:
Yo quisiera que fueras y volvieras
aun antes de decirte lo que harás
al llegar al Senado. Oh, firmeza,
apóyame. ¡Alza un monte colosal
entre mi corazón y mis palabras!
Mi mente es la de un hombre, mas mi fuerza
es la de una mujer. ¡Y qué difícil
es para la mujer guardar secretos!
¿Aún estás ahí?

Lucio:
              ¿Qué debo hacer?
¿correr el Capitolio y nada más?
¿Luego volver a vos, y nada más?

Porcia:
Sí, y me dirás, muchacho, si tu amo
se encuentra bien, porque se ha ido enfermo;

fíjate bien en lo que César hace,
en qué solicitantes lo rodean.
¡Oye, muchacho! ¿Qué ruidos son esos?

Lucio:
No oigo nada, señora.

Porcia:
                    Te lo ruego,
escucha; oí rumores de tumulto,
como si fueran de un combate, y
los trajo el viento desde el Capitolio.

Lucio:
Señora, de verdad que no oí nada.

(Entra el Adivino.*)*

Porcia:
Ven aquí, dime, ¿de qué lado vienes?

Adivino:
De mi casa, señora.

Porcia:
                    ¿Qué hora es?

Adivino:
Alrededor de las nueve, señora.

Porcia:
¿César se ha ido ya hacia el Capitolio?

Adivino:
No, señora. Voy a buscar un sitio
para verle camino al Capitolio.

Porcia:
Tienes que pedir algo a César, ¿no?

Adivino:
Algo tengo, señora, y si a César
le place ser tan bueno para César
como para escucharme, he de rogarle
que se cuide.

Porcia:
           ¿Y por qué? ¿Acaso sabes
que se intente algún daño contra él?

Adivino:
Ninguno que conozca, pero mucho
que temo le suceda. Buenos días.
Se estrecha aquí la calle, y el tropel
que marcha tras los talones de César
–pretores, senadores y comunes
solicitantes–, podría estrujar
a un hombre débil casi hasta matarlo.
Iré a ubicarme en un lugar más amplio,
y desde allí exhortaré al gran César
cuando pase.

(Sale.)

Porcia:
Debo volver a casa. ¡Ay de mí!
qué débil cosa es el corazón
de una mujer. ¡Oh, Bruto! Que los cielos
te sean favorables en la empresa.

(Aparte.)

Seguro que el muchacho me escuchó;
Bruto ha de hacer una solicitud
a la que César no consentirá. ¡Ah!
desfallezco. Corre, Lucio, y saluda
a mi señor; dile que estoy muy bien
y vuelve aquí a informarme qué te ha dicho.

(Sale cada uno por su lado.)

Acto III

ESCENA I

Roma. Ante el Capitolio.
(Una multitud. Entre ellos Artemidoro *y el* Adivino. *Trompetas. Entran* César, Bruto, Casio, Casca, Decio, Metelo, Trebonio, Cina, Antonio, Lépido, Popilio, Publio, *y otros.)*

César *(Al* Adivino*)*:
Los Idus de Marzo han llegado.

Adivino:
Sí, César; pero no han pasado.

Artemidoro:
¡Salve, César! Lee este escrito.

Decio:
Trebonio aspira a que, de tener tiempo,
miréis esta su humilde petición.

Artemidoro:
Oh, César, lee la mía primero,
porque mi petición atañe a César
más de cerca. Léela ya, gran César.

César:
Lo que atañe a nosotros lo veremos
en último lugar.

Artemidoro:
No lo postergues,
César, léelo ya, inmediatamente.

César:
¿Qué pasa? ¿Está loco este individuo?

Publio:
Hombre, deja paso.

Casio:
¿Cómo es eso?
¿Planteas tus pedidos en la calle?
Ve al Capitolio.

(César sube al Senado; los demás lo siguen.)

Popilio:
Deseo que hoy triunfe vuestra empresa.

Casio:
¿Cuál empresa, Popilio?

Popilio:
Buena suerte.

(Se dirige hacia César.)

Bruto:
   ¿Qué decía Popilio Lena?

Casio:
   Deseaba que hoy triunfara nuestra empresa.
   Temo que nuestro plan fue descubierto.

Bruto:
   Mira cómo se acerca a César, obsérvale.

Casio:
   Apresúrate, Casca, pues debemos
   temer que se prevenga. ¿Qué hacer, Bruto?
   Si esto llega a saberse, o Casio o César
   no volverán jamás; me mataré.

Bruto:
   Casio, firmeza; que Popilio no habla
   de nuestro plan; pues, mira, se sonríe,
   y César no se inmuta.

Casio:
                    Y Trebonio
   sabe bien cuándo actuar; mira, Bruto,
   está sacando a Antonio del camino.

   (Salen Antonio *y* Trebonio.*)*

Decio:
   ¿Y donde está Metelo? Vaya ahora
   y presente su petición a César.

Bruto:
   Ya está pronto; rodeadle y secundadle.

Cina:
   Casca, tu mano ha de ser la primera
   que se levante.

César:
   ¿Estamos todos prontos?
   ¿Qué faltas hay que César y el Senado
   deberían ahora remediar?

Metelo:
   Muy alto, grande y poderoso César,
   Metelo Cimbar arroja ante tu trono
   su humilde corazón.

   (Se arrodilla.)

César:
   Te prevengo Metelo Cimbar: esas genuflexiones
   y esas bajas cortesías harían
   arder la sangre de hombres ordinarios
   y transformar sentencias y decretos
   en leyes infantiles. No te engañes
   esperando que la sangre de César
   sea tan falsa que pueda derretirse
   de su real condición, con lo que funde
   la del necio, como dulces palabras,
   reverencias rastreras y el sumiso
   menear de la cola de un faldero.
   Tu hermano está expatriado por decreto,

y, si por él adulas, te hincas, ruegas,
te aparto del camino, como a un perro.
Sabe que César no es injusto y que
no habrá de perdonar sin un motivo.

Metelo:
¿No habrá voz más valiosa que la mía,
más grata a los oídos del gran César,
para pedir por mi exiliado hermano?

Bruto:
Beso tu mano, no para adularte,
César,
sino para expresarte mi deseo:
que Plubio Cimber tenga libertad
de repatriarse de inmediato.

César:
¡Cómo!
¡Bruto!

Casio:
Perdón, César; César, perdón;
Casio cae a la altura de tus pies
suplicando el perdón de Publio Cimber.

César:
Yo podría ser conmovido en caso
de ser como vosotros; si pudiera
rogar para tratar de conmover,
las plegarias podrían conmoverme.
Pero yo soy inconmovible, al modo

de la estrella polar, cuya segura
naturaleza estable y permanente
no tiene par en todo el firmamento.
Con infinitas chispas está el cielo
decorado; todas ellas son fuego
y cada una brilla, pero entre ellas
sólo una conserva su lugar.
Así, en el mundo; éste está bien provisto
de hombres, y todo hombre es carne y hueso
y tiene entendimiento; sin embargo,
entre todos sólo conozco uno
que se tenga en su sitio, inexpugnable,
imperturbable ante cualquier presión:
y que ése soy yo, permitiréis
que lo demuestre brevemente en esto:
que fui firme para expatriar a Cimber,
y firme soy en mantenerlo así.

Cina:
Oh, César...

César:
¡Aparta! ¿Acaso querrías
levantar el Olimpo?

Decio:
Gran César...

César:
¿No está aquí Bruto arrodillado en vano?

Casca:
¡Hablad, manos, por mí!

(Hieren a César.)

César:
Et tu, Brute? ¡Entonces, cae, César![23]

(Muere.)

Cina:
¡Libertad! ¡Independencia! ¡La tiranía ha muerto!
Salid a proclamarlo por las calles.

Casio:
Vaya alguno a la tribuna del pueblo
a gritar: "¡Libertad, manumisión,
derechos!"

Bruto:
No tengáis miedo, pueblo, senadores;
no huyáis, quedaos; paga está la deuda
de la ambición.

Casca:
                    A la tribuna, Bruto.

Decio:
Casio también.

---

23 *Et tu, Brute?* La pregunta se hace en latín.

Bruto:
                    ¿Dónde está Publio?

Cina:
                                Aquí,
muy confuso por esta rebelión.

Metelo:
Resistamos juntos, no vaya a ser
que algunos de los amigos de César
intentaran...

Bruto:
                No hablar de resistir.
Ánimo, Publio:
Nadie piensa hacer daño a tu persona
ni tampoco a la de ningún romano;
dí eso a ellos, Publio.

Casio:
                        Y vete ahora,
Publio, no vaya a ser que el pueblo
precipitándose sobre nosotros,
haga algún daño a tu ancianidad.

Bruto:
 Hazlo así, y no permitas que ninguno
pague por esta acción sino nosotros,
que la ejecutamos.

(Vuelve a entrar Trebonio.*)*

Casio:

                ¿Dónde está Antonio?

Trebonio:
Huyó a su casa, atemorizado.
Niños, mujeres y hombres, espantados,
se miran, lanzando gritos y corren
como si éste fuera el día del juicio.

Bruto:
Ya sabremos, destino, qué decides.
Que hemos de morir, ya lo sabemos;
lo que le importa al hombre es solamente
cuándo será, y los días que le quedan.

Casio:
Así, quien corta veinte años de vida,
corta otros tantos de temer la muerte.

Bruto:
Míralo así, y la muerte es beneficio.
Al acortar su tiempo de temerla,
hemos sido los amigos de César.
Inclinaos, romanos, inclinaos,
y sumerjamos todos nuestras manos
en la sangre de César hasta el codo,
y manchemos con ella las espadas;
vayamos luego hasta la plaza pública
y enarbolando nuestras rojas armas
sobre nuestras cabezas, todos juntos,
gritemos: "Paz, derechos, libertad".

Casio:
   Pues bien: inclinémonos y lavémonos.
   ¡Cuántas veces en siglos venideros
   se representará esta excelsa escena nuestra
   en estados que aún no son nacidos
   y en lenguajes aún desconocidos!

Bruto:
   ¡Y cuántas veces sangrará en la escena
   César, que yace al pie del pedestal
   de Pompeyo y no vale más que el polvo!

Casio:
   Cuantas veces suceda, otras tantas
   se denominará a este grupo nuestro:
   los que a su patria dieron libertad.

Decio:
   ¿Qué? ¿Vamos?

Casio:
                 Sí, todo el mundo en marcha;
   Bruto encabezará y hemos de honrar
   sus talones con los más arrojados
   y mejores corazones de Roma.

   (Entra un sirviente.)

Bruto:
   ¡Quietos! ¿Quién viene? Un amigo de Antonio.

Sirviente:
   Así, Bruto, mi amo me mandó hincarme;
   así me mandó Antonio que me postre;
   y, así, postrado, me mandó que diga:
   Bruto es noble, valiente, sabio, honesto;
   César fue grande, osado, regio, amable;
   di que amo a Bruto y que lo honro; y di
   que temía a César, lo honraba y lo amaba.
   Y si Bruto permitiera que Antonio
   venga sin riesgo a él, y se convenza
   que César merecía yacer muerto,
   no amará más Antonio a César muerto
   que a Bruto vivo, y con lealtad
   ha de seguir la suerte y las empresas
   del noble Bruto, mientras se atraviesa
   este estado de cosas desusado.
   Eso manda decir mi amo Antonio.

Bruto:
   Tu amo es un romano valeroso
   y prudente; nunca lo tuve en menos.
   Dile a Antonio que si es su voluntad
   venir aquí, habrá de convencerse;
   y, por mi honor, ha de salir ileso.

Sirviente:
   Iré a buscarle inmediatamente.

   (Sale.)

Bruto:
   Creo que ha de ser un buen amigo.

Casio:
   Ojalá fuera así y, sin embargo,
   mi inclinación es a tenerle miedo;
   y mis presentimientos casi siempre
   resultan ser correctos.

   (Entra Antonio.)

Bruto:
   Pero aquí viene Antonio. Bienvenido,
   Marco Antonio.

Antonio:
                    ¡Oh, poderoso César!
   ¿Tan bajo yaces? ¿Todas tus conquistas,
   y tus glorias, tus triunfos y despojos,
   se han reducido a tan pequeño espacio?
   Adiós. No sé, señores, qué intentáis,
   qué otro debe ser sangrado; qué otro
   se halla enfermo. Si ese fuera yo,
   no habría otra hora más conveniente
   que la hora de la muerte de César,
   ni instrumento que valga la mitad
   que esas espadas, hoy enriquecidas
   por la sangre más noble de este mundo.
   Os lo ruego; si no me queréis bien,
   haced ya vuestro gusto, mientras ésas
   empurpuradas manos aún huelen
   y humean. Aunque viviera mil años,
   nunca me encontraría tan dispuesto
   como me encuentro hoy para la muerte;
   ningún lugar ha de gustarme tanto,

ninguna forma de morir, como ésta,
junto a César y a manos de vosotros,
los hombres más selectos y eminentes
de estos tiempos.

Bruto:

                ¡Oh, Antonio! no nos pidas
que te demos la muerte. Aunque ahora
te parezcamos crueles y sangrientos,
como por este acto y nuestras manos
te parecemos, tienes que mirar,
con todo, más allá de nuestras manos
y del hecho sangriento que han cumplido;
tú no ves nuestros corazones; ellos
son compasivos; y la compasión
por la desdicha pública de Roma
–al modo como el fuego apaga al fuego,
la compasión mata a la compasión–
ha cumplido esto en César. Para ti,
Marco Antonio, nuestras espadas tienen
sus puntas emplomadas. Nuestros brazos,
fuertes en la violencia, y nuestros pechos
fraternales te acojen con cariño
y con buena intención, y reverencia.

Casio:
Y tu voto será tan influyente
como el de cualquier otro, al proceder
a repartir las nuevas dignidades.

Bruto:
Ten paciencia, no más, hasta que hayamos

apaciguado a esta multitud
que está fuera de sí por el terror;
y entonces, sí, te habremos de explicar
la causa por qué yo, que amaba a César,
cuando lo herí, procedí de ese modo.

Antonio:
Yo no dudo de vuestro juicio. Deme
cada uno su mano ensangrentada:
primero, Bruto, te daré la mano;
luego tomo tu mano, Cayo Casio;
la tuya, Decio Bruto; y la tuya,
Metelo Cimber; y la tuya, Cina;
tu mano ahora, mi valiente Casca;
y, al fin, y no porque te quiera menos,
estrecharé la tuya, buen Trebonio.
Señores… pero ¡ay! ¿qué he de decir?
Ahora está mi honor sobre terreno
tan resbaloso, que podríais sólo
considerarme de dos malas formas:
un cobarde o un adulador.
Que te quería, César, ¡oh! es verdad;
y si tu espíritu nos mira ahora,
¿no te ha de afligir más que la muerte
ver que tu Antonio está haciendo las paces,
así, estrechando los sangrientos dedos,
¡oh, tú, el más noble! de tus enemigos
y frente a tu cadáver? Si tuviera
tantos ojos como tienes heridas,
llorando tan de prisa como ellas
derramaron a torrentes tu sangre,
eso sería para mí más digno

que concertarme con tus enemigos
en amistosos términos. ¡Perdóname!
Aquí fuiste acosado, bravo ciervo;
aquí caíste;
y aquí tus cazadores permanecen
con las marcas aún de tus despojos,
aún empurpurados por tu sangre.
Mundo, tú eras el bosque de este ciervo;
y éste era, mundo, sí, tu corazón.
¡Yaces aquí, tan parecido a un ciervo
atacado a la vez por muchos príncipes!

Casio:
Marco Antonio...

Antonio:
¡Perdóname, Cayo Casio!
Porque esto que los propios enemigos
de Julio César afirmarían, es
en un amigo frío y moderado.

Casio:
No te culpo por elogiar a César
de tal manera; pero di: ¿qué pacto
te propones contraer con nosotros?
¿Te contarás entre nuestros amigos,
o proseguimos sin contar contigo?

Antonio:
Por eso os di la mano; pero, es cierto,
me aparté del asunto al ver a César.
Soy vuestro amigo; a todos os estimo;

pero aún espero que me deis razones
de en qué y por qué era César peligroso.

Bruto:
O sería éste un salvaje espectáculo.
Y tan llenas están nuestras razones
de buenos pensamientos que, aunque fueras
tú, Marco Antonio, el propio hijo de César,
quedarás satisfecho.

Antonio:
                    Es cuanto quiero.
Solicito, además, se me permita
exhibir su cadáver en la plaza
y hablar en la tribuna en el transcurso
del funeral, como cuadra a un amigo.

Bruto:
Lo harás, Antonio.

Casio:
                    Bruto, una palabra.

(Aparte, a Bruto.)

No sabes lo que haces; no consientas
en que hable Antonio en estos funerales.
¿Sabes cómo conmoverá al pueblo
lo que él vaya a decir?

Bruto:
                    Si me permites,

yo subiré primero a la tribuna,
y explicaré el motivo de la muerte
de nuestro César. De lo que éste hable,
diré que es con permiso y venia nuestros;
y que nos place ver que César tenga
sus ceremonias y sus ritos. Eso
nos dará más ventajas que perjuicios.

Casio:
No sé qué saldrá de esto; no me gusta.

Bruto:
Marco Antonio,
oye: llévate el cuerpo de tu César.
No nos censures en tu oración fúnebre;
di de César cuanto bueno imagines,
y di que hablas con nuestro permiso;
o no tendrás ninguna intervención
en este funeral; y vas a hablar
en la misma tribuna en que hablaré,
y una vez que termine mi discurso.

Antonio:
Que así sea; no deseo otra cosa.

Bruto:
Prepara, pues, el cuerpo, y luego síguenos.

(Salen todos, menos Antonio.*)*

Antonio:
¡Ah! perdóname tú, terrón sangrante,

por ser gentil con esos carniceros.
Eres la ruina del hombre más noble
que haya vivido nunca en la marea
de los tiempos. ¡Ay de la mano aquella
que ha derramado esta preciosa sangre!
Y auguro ahora, sobre estas heridas
que como bocas mudas entreabren
sus labios de rubí para pedir
a mi boca una voz y una promesa:
fulminará una maldición los miembros
de los hombres; discordias intestinas
y atroz guerra civil asolarán
todas las zonas de la Italia. Sangre
y destrucción serán tan habituales,
los objetos de horror tan familiares,
que las madres tendrán una sonrisa,
nada más cuando miren desmembrados
sus niños por las manos de la guerra;
ahogará la costumbre de hechos crueles
toda piedad, y el espectro de César
que andará errante en busca de venganza,
con Até a su costado, aún caliente[24]
del infierno, gritará en estas tierras
con su voz de monarca: ¡A la matanza!
y soltará los perros de la guerra;
de modo que el hedor de este hecho infame
se eleve por encima de la tierra
junto al de las carroñas de los hombres
que van gimiendo en busca de sus tumbas.

---

24 Até era la ciega diosa de la venganza, entre los griegos.

(Entra un sirviente.)

Sirves a Octavio César ¿no es así?

Sirviente:
Sí, Marco Antonio.

Antonio:
César le había escrito para que
viniera a Roma.

Sirviente:
Recibió sus cartas;
se dirige hacia aquí. Me encomendó
que personalmente os diga...

(Ve el cadáver.)

¡Oh, César!

Antonio:
Estás afligido; apártate y llora.
La emoción se contagia, me parece,
porque viendo esas perlas de aflicción
en tus ojos, los míos se humedecen.
¿Viene tu amo?

Sirviente:
Esta noche descansa
a seis leguas de Roma.

Antonio:
Velozmente,

regresa allá; dile lo que ha pasado:
esta es ahora una luctuosa Roma,
una riesgosa Roma. No una Roma
segura para Octavio, todavía.
Ve a decírselo; pero, espera un poco:
no vuelvas hasta que yo lleve este cuerpo
a la plaza, y con mi discurso pruebe
cómo recibe el pueblo la acción cruel
de aquellos hombres sanguinarios; luego,
y de acuerdo con ello, darás cuenta
de la situación al joven Octavio.
Dame una mano.

(Salen con el cadáver de César.*)*

ESCENA II

Roma. El Foro.
(Entran Bruto y Casio *y una multitud de ciudadanos.)*

Ciudadanos:
Queremos explicaciones;
queremos que nos den explicaciones.

Bruto:
Seguidme, pues, amigos, y escuchadme.
Casio, ve tú por esa otra calle,
dividámoslos. Aquellos que quieran
escucharme, que se queden aquí.
Los que deseen escuchar a Casio
vayan tras él, que ambos expondremos

razones concernientes al bien público
de la muerte de César.

Ciudadano 1:
>Por mi parte,
quiero escuchar a Bruto.

Ciudadano 2:
>Y yo a Casio.
Después de oírlos separadamente
compararemos las razones de ambos.

(Salen Casio y parte de los ciudadanos. Bruto sube a la tribuna.)

Ciudadano 3:
El noble Bruto ya subió. ¡Silencio!

Bruto:
Tened paciencia hasta que termine.
¡Romanos, compatriotas, buenos amigos! Escuchad mi alegato en silencio para poder oír. Creedme por mi honor, y respetad mi honor para poder creer. Censuradme según vuestro juicio, y alertad vuestras facultades para poder juzgar mejor. Si hay en esta asamblea algún querido amigo de César, a él le digo que el amor de Bruto por César no era menor que el suyo. Si ese amigo pregunta entonces por qué Bruto se alzó contra César, ésta es mi respuesta: no fue porque amara menos a César sino porque amaba más a Roma. ¿Preferiríais que César viviera y morir todos esclavos, a que César haya muerto para vivir como

hombres libres? Porque César me quería, lo lloro; porque fue afortunado en sus empresas, lo celebro; porque era valiente, lo honro; pero porque era ambicioso, lo maté. Tengo lágrimas para su amor; alegría para su fortuna; honor para su valor y muerte para su ambición. ¿Quién hay aquí tan bajo que quisiera ser siervo? Si alguno hay, que hable, porque a ese lo he ofendido. ¿Quién hay aquí tan bárbaro que no quisiera ser romano? Si alguno hay, que hable porque a ese lo he ofendido. ¿Quién hay aquí tan vil que no ame a su país? Si alguno hay, que hable, porque a ese lo he ofendido. Hago una pausa esperando una réplica.

Todos:
Ninguno, Bruto, ninguno.

Bruto:
No ofendí, pues, a nadie. No he hecho a César más de lo que haríais a Bruto. Las razones de su muerte están en un escrito en el Capitolio; su gloria no es menospreciada ni son exageradas sus transgresiones, por las que padeció la muerte.

(Entran Antonio y otros con el cadáver de César.)

Aquí llega su cadáver, por el que hace duelo Marco Antonio, quien, aunque no tuvo participación en su muerte, será beneficiado por ella con un lugar en la república;[25] ¿y quién no de vosotros? Con esto

---

[25] Un puesto en la república, traducen unos; el derecho de vivir en una república libre, anotan otros.

me retiro; si he matado a mi más querido amigo por el bien de Roma, tengo la misma daga para mí cuando mi país considere necesaria mi muerte.

Ciudadanos:
¡Vive, Bruto! ¡Vive! ¡Vive!

Ciudadano 1:
Llevémosle en triunfo hasta su casa.

Ciudadano 2:
Tenga una estatua junto a las de sus abuelos.

Ciudadano 3:
Que sea César.

Ciudadano 4:
               Coronando a Bruto
coronaremos lo mejor de César.

Ciudadano 1:
Pues vamos a llevarlo hasta su casa
con vítores y vivas.

Bruto:
               Compatriotas …

Ciudadano 2:
¡Quietos! ¡Silencio! Habla Bruto.

Ciudadano 1:
                     Eh, ¡silencio!

Bruto:
>Mis buenos compatriotas, permitidme
>que me retire solo y, os lo ruego,
>permaneced ahora con Antonio.
>Haced honor al cadáver de César
>y honor a su oración, que tratará
>de las glorias de César, cosa que,
>con nuestra venia, puede hacer Antonio.
>Os conmino a que ni uno se retire,
>salvo yo, hasta que haya hablado Antonio.

(Sale.)

Ciudadano 1:
>Eh, ¡a quedarse! Y a escuchar a Antonio.

Ciudadano 3:
>Que suba a la tribuna; le oiremos.
>Sube ya, noble Antonio.

Antonio:
>   Es por Bruto
>que me veo obligado hacia vosotros.

(Sube.)

Ciudadano 4:
>¿Qué decía de Bruto?

Ciudadano 3:
>   Que por Bruto
>él se siente obligado hacia nosotros.

Ciudadano 4:
Mejor que aquí no hablase mal de Bruto.

Ciudadano 1:
Ese César era un tirano.

Ciudadano 3:
      Es cierto;
es una bendición que Roma se haya
liberado de él.

Ciudadano 2:
     ¡Silencio! Oigamos
lo que pueda decirnos Marco Antonio.

Antonio:
Vosotros, mis gentiles romanos...

Todos:
¡Eh! ¡Silencio! Escuchemos a Antonio.

Antonio:
Mis amigos, romanos, compatriotas,
prestadme oídos. Yo he venido aquí
a sepultar a César, no a ensalzarlo.
El mal que hacen los hombres sobrevive;
lo bueno es enterrado, a menudo,
con sus huesos. Que sea así con César.
Según os dijo el noble Bruto, César
era ambicioso; y si eso era así
era una grave falta, y gravemente
tuvo César que responder por ella.

Con la venia de Bruto y de los otros
–puesto que Bruto es un hombre honorable,
y ellos todos son hombres honorables–,
vengo a hablar en el funeral de César.
Fue mi amigo; justo y fiel para mí;
pero era ambicioso, dice Bruto;
y Bruto es un hombre honorable.
Trajo a Roma numerosos cautivos
cuyos rescates llenaron las arcas:
¿parece que esto fue ambición en César?
Cada vez que los pobres se quejaron,
César lloró. La ambición debería
estar hecha de material más duro.
Pero Bruto dice que era ambicioso,
y Bruto es un hombre honorable.
Todos visteis cuando en las Lupercalias
por tres veces le ofrecí una corona
de monarca, que rechazó tres veces.
¿Era eso ambición?
Pero Bruto dice que era ambicioso
y, a no dudarlo, es un hombre honorable.
No hablo para desautorizar
lo que dijera Bruto; estoy aquí
para deciros lo que yo conozco.
Todos le habéis amado alguna vez,
y no sin causa. ¿Y qué causa ahora
os impide que hagáis duelo por él?
¡Juicio! Volaste hacia las bestias brutas
y los hombres perdieron la razón.
Y, ahora, perdonad; mi corazón
está allí en ese féretro con César,
y he de callar hasta que vuelva a mí.

Ciudadano 1:
Veo mucha razón en lo que dice.

Ciudadano 2:
Y, si lo piensas bien, César fue víctima
de una gran injusticia.

Ciudadano 3:
                    ¿Lo habrá sido?
Temo que lo reemplace otro peor.

Ciudadano 4:
¿Oísteis lo que dijo? No quería
aceptar la corona y, por lo tanto,
es seguro que no era ambicioso.

Ciudadano 1:
Si resultara ser así, algunos
tendrían que pagarlo caro.

Ciudadano 2:
                        ¡Pobre!
Sus ojos están rojos como el fuego
por el llanto.

Ciudadano 3:
              No hay en toda Roma
un hombre más noble que Antonio.

Ciudadano 4:
Ahora atendamos.
Comienza a hablar de nuevo.

Antonio:
   Ayer nomás la palabra de César
   prevalecía contra el mundo entero;
   ahora yace ahí y no hay ninguno
   tan pobre que le rinda reverencia.
   ¡Ah, señores! Si estuviera dispuesto
   a excitar el motín y la discordia
   a vuestras mentes, vuestros corazones,
   sería injusto con Bruto y con Casio
   quienes, sabéis, son hombres honorables.
   No lo haré. Perjudicaré más bien,
   al muerto, y a mí mismo y a vosotros,
   antes que a esos hombres honorables.
   No lo haré. Prefiero ser injusto
   con el muerto, conmigo, con vosotros,
   y no con esos hombres honorables.
   Tengo aquí un pergamino, con el sello
   de César, que encontré en su gabinete;
   su última voluntad, su testamento.
   Con sólo que las gentes lo escucharan
   –que, perdonadme, no pienso leer–
   irían a besar esas heridas
   de César muerto y empaparían
   en su sagrada sangre sus pañuelos;
   mendigarían un cabello suyo
   para recuerdo, y lo mencionarían,
   ya moribundos, en sus testamentos,
   dejándolo como un rico legado
   para sus descendientes.

Ciudadano 4:
                         Marco Antonio,

queremos escuchar el testamento:
léelo.

Ciudadanos:
¡El testamento, el testamento!
Queremos escuchar el testamento
de César.

Antonio:
Mis queridos amigos,
tened paciencia; no debo leerlo.
No es conveniente que sepáis ahora
de qué manera César os amaba.
No sois de piedra, no sois de madera;
sois nada más que hombres; siendo hombres,
escuchar el testamento de César
os va a exaltar, os ha de volver locos.
Y conviene que no sepáis ahora
que sois sus herederos; de saberlo,
¡ah! ¿quién sabe qué podría pasar?

Ciudadano 4:
Léelo, Antonio, lee el testamento:
vamos a oírlo. Tienes que leerlo.

Antonio:
¿Tendréis paciencia? ¿Os quedaréis tranquilos
un momento? Fui demasiado lejos
al informaros de ello: Tengo miedo
de agraviar a esos hombres honorables
cuyos puñales hirieron a César.
Temo hacerlo.

Ciudadano 4:
                Esos eran traidores.
¡Hombres honorables!

Ciudadanos:
¡Su última voluntad! ¡El testamento!

Ciudadano 2:
Esos eran malvados, asesinos.
¡El testamento! ¡Lee el testamento!

Antonio:
¿Me obligáis a leer el testamento?
Haced círculo, pues, alrededor
del cadáver de César; permitidme
mostraros al que hizo el testamento.
¿Bajo de aquí? ¿Me lo permitiréis?

Ciudadanos:
Baja.

Ciudadano 2:
Desciende.

(Antonio desciende.)

Ciudadano 3:
Tendrás permiso.

Ciudadano 4:
Un círculo; colocaos en torno.

Ciudadano 1:
Apartaos del féretro; apartaos
del cadáver.

Ciudadano 2:
       Haced lugar a Antonio,
al nobilísimo Antonio.

Antonio:
            Bueno, bueno;
no os amontonéis de esa manera
sobre mí. Separaos un poco.

Ciudadanos:
¡Retroceded! ¡Haced lugar! ¡Atrás!

Antonio:
Si acaso tenéis lágrimas, ahora
disponeos a derramarlas. Todos
conocéis este manto. Yo recuerdo
la vez primera que César lo usó;
fue en su tienda, una tarde de verano,
el mismo día que venció a los nervios.[26]
¡Mirad!
Por aquí atravesó el puñal de Casio;
ved qué tajo hizo el envidioso Casca;
aquí lo hirió su bienamado Bruto;
y cuando le arrancó el maldito acero,
observad cómo la sangre de César
se fue tras él como saliendo fuera

---

26 César venció a los nervios, una tribu guerrera del norte, en el 57 a. C.

para así convencerse si era Bruto
quien golpeó tan despiadadamente,
o no; pues Bruto, como bien sabéis,
era el ángel de César; juzgad, Dioses,
cuán tiernamente le quería César.
Fue el golpe más doloroso de todos;
pues cuando el noble César vio que Bruto
lo asestaba, la ingratitud, más fuerte
que los brazos del traidor, lo abatió;
aquel gran corazón estalló entonces
y cubriéndose el rostro con el manto,
justo al pie de la estatua de Pompeyo,
que mientras tanto chorreaba sangre,
cayó el gran César.
¡Ah! Qué caída fue esa, compatriotas;
allí vosotros, yo, nosotros todos,
también caímos mientras que triunfaba
la sangrienta traición sobre nosotros.
Ah, ahora lloráis, y me doy cuenta
que estáis sintiendo en su violencia el golpe
de la piedad. Son lágrimas piadosas.
¡Pero, qué! Corazones compasivos,
¿lloráis ya cuando apenas habéis visto
las heridas vestiduras de César?
Mirad aquí; aquí está él mismo
deshecho, como véis, por los traidores.

Ciudadano 1:
    ¡Lamentable espectáculo!

Ciudadano 2:
    ¡Oh, noble César!

Ciudadano 3:
 ¡Oh, día desastroso!

Ciudadano 4:
 Ah, ¡traidores! ¡villanos!

Ciudadano 1:
 ¡Qué sangrienta visión!

Ciudadano 2:
 Nos vengaremos.

Ciudadanos:
 ¡Venganza! ¡Vamos! ¡A buscarlos! ¡A quemar! ¡A incendiar! ¡A matar! ¡A asesinar! Que no quede vivo uno solo de los traidores.

Antonio:
 ¡Deteneos, compatriotas!

Ciudadano 1:
 A ver, ¡silencio! Oíd al noble Antonio.

Ciudadano 2:
 Sí, lo escucharemos, lo seguiremos,
 moriremos con él.

Antonio:
              Buenos amigos,
 mis gentiles amigos, no dejéis
 que yo os lleve a esa repentina
 marea del motín. Quienes cumplieron

este acto son hombres honorables.
Qué privados agravios los llevaron
a realizarlo ¡ay! yo no lo sé,
pero ellos son sensatos y honorables,
y, sin duda, os habrán de dar razones.
Yo no he venido aquí para robaros
el corazón; no soy un orador
como Bruto, sino –como vosotros
me conocéis– un hombre llano y simple
que quería a su amigo; eso lo saben,
y muy bien, quienes, públicamente,
me dieron venia para hablaros de él.
Porque no tengo ingenio ni elocuencia
ni tampoco el poder de la palabra
para agitar la sangre de los hombres;
yo sólo hablo claramente; os digo
aquello que vosotros ya sabéis.
Os muestro las heridas del cadáver
de vuestro dulce César –pobres, pobres
bocas mudas– y les suplico que hablen
por mí. Pero en caso de ser yo Bruto,
y Bruto Antonio, sería un Antonio
que haría enfurecer vuestros espíritus,
y pondría en cada herida de César
una lengua que hasta a las mismas piedras
de Roma incitaría a amotinarse.

Ciudadanos:
Nos amotinaremos.

Ciudadano 1:
                        Quemaremos
la casa de Bruto.

Ciudadano 3:
Vayamos, pues,
vamos, buscad a los conspiradores.

Antonio:
Escuchad todavía, compatriotas;
escuchad, todavía, mis palabras.

Ciudadanos:
¡Silencio, eh! Escuchemos a Antonio,
al muy noble Antonio.

Antonio:
¿Qué es eso, amigos?
os váis de aquí a hacer no sabéis qué.
¿Qué hizo César para merecer
tanto amor vuestro? ¡Ay! No lo sabéis.
Debo entonces deciros, olvidasteis
el testamento de que os hablé.

Ciudadanos:
Muy cierto. ¡El testamento! Esperemos
aquí, y escuchemos su testamento.

Antonio:
Aquí está el testamento; está sellado
con el sello de César. Por él deja
para cada ciudadano romano,
a cada hombre separadamente,
setenta y cinco monedas de plata.[27]

---

27 *Dracmas*, monedas de plata, cuyo valor no se puede calcular hoy.

Ciudadano 2:
 ¡Nobilísimo César!
 Vengaremos su muerte.

Ciudadano 3:
 ¡Oh generoso César!

Antonio:
 Oídme con paciencia.

Ciudadanos:
 ¡Eh, silencio!

Antonio:
 Os deja, además, todos sus paseos
 y sus quintas privadas, sus jardines
 recién hechos a este lado del Tíber.
 Todo eso ha dejado para siempre
 a vosotros y a vuestros herederos;
 recreos para todos, para que
 os podáis pasear y disfrutar.
 ¡Ese fue un César! ¿Cuándo habrá otro igual?

Ciudadano 1:
 ¡Nunca! ¡Nunca! ¡Moveos, vamos, vamos!
 A quemar su cadáver en el sitio
 consagrado; luego, con los tizones,
 a quemar las casas de los traidores.
 Levantad el cuerpo.

Ciudadano 2:
 Corred a buscar fuego.

Ciudadano 3:
Arrancad los bancos.

Ciudadano 4:
Arrancad marcos y ventanas, lo que sea.

(Salen los ciudadanos.)

Antonio:
Ahora, que esto siga su curso.
Calamidad, tu obra ha comenzado.
¡Toma ahora el camino que desees!

(Entra un Sirviente.*)*

¿Qué pasa ahora, hombre?

Sirviente:
Señor, Octavio ha llegado a Roma.

Antonio:
¿Dónde está?

Sirviente:
En la casa de César, él y Lépido.

Antonio:
Ahora mismo me voy a visitarlo.
Se cumplen justamente mis deseos.
La Fortuna se muestra sonriente,
y así va a concedernos cualquier cosa.

Sirviente:
Les escuché decir que Bruto y Casio
salieron galopando como locos
por las puertas de Roma.

Antonio:
                      Es posible
que hayan sabido algo de la gente;
cómo la conmovieron mis palabras.
Llévame ahora a donde está Octavio.

(Salen.)

ESCENA III

Roma. Una calle.
(Entra Cina, *el poeta.)*

Cina:
Soñé que estaba de fiesta con César
y mi imaginación está cargada
de malos signos. No tengo deseos
de andar deambulando por las calles.
Sin embargo, algo me impulsa a hacerlo.

Ciudadano 1:
¿Cómo te llamas?

Ciudadano 2:
¿Adónde vas?

Ciudadano 3:
¿Dónde vives?

Ciudadano 4:
¿Eres casado o soltero?

Ciudadano 2:
Contesta a cada uno inmediatamente.

Ciudadano 1:
Y brevemente.

Ciudadano 4:
Sí, y sensatamente.

Ciudadano 3:
Sí, y verazmente. Será mejor que así lo hagas.

Cina:
¿Cómo me llamo? ¿A dónde voy? ¿Dónde vivo? ¿Soy casado o soltero? Pues bien, para contestar a cada uno inmediatamente, y brevemente, sensatamente y verazmente, digo: soy soltero.

Ciudadano 2:
Es tanto como decir que los que se casan son tontos; me temo que con eso te ganarás un golpe de mi parte. Prosigue inmediatamente.

Cina:
Inmediatamente estoy yendo al funeral de César.

Ciudadano 1:
¿Como amigo o como enemigo?

Cina:
Como amigo.

Ciudadano 2:
Eso lo ha respondido de inmediato.

Ciudadano 4:
¿En dónde vives? Brevemente.

Cina:
Brevemente, cerca del Capitolio.

Ciudadano 3:
¿Cómo te llamas? Verazmente.

Cina:
Verazmente, me llamo Cina.

Ciudadano 1:
Hagámoslo pedazos. Es el conspirador.

Cina:
¡Yo soy Cina el poeta! ¡yo soy Cina el poeta!

Ciudadano 4:
Despedazadlo por sus malos versos; despedazadlo por sus malos versos.

Cina:
¡Yo no soy Cina el conspirador!

Ciudadano 4:

Eso no importa, su nombre es Cina. Arranquémosle su nombre del corazón y dejadlo ir.

Ciudadano 3:

¡Despedacémosle, despedacémosle! ¡Vamos, teas, eh! ¡Teas encendidas! A la casa de Bruto, a la de Casio; a quemar todo. Que algunos vayan a la casa de Decio, y otros, a la de Casca; algunos a la de Ligerio. ¡Vamos! ¡Andando!

(Salen.)

Acto IV

ESCENA I

*Roma. Habitación en casa de Antonio.
(Entran* Antonio, Octavio y Lépido.*)*

Antonio:
   Y todos éstos deberán morir;
   sus nombres quedan anotados.

Octavio:
   Lépido,
   tu hermano ha de morir también, ¿consientes?

Lépido:
   Sí, consiento.

Octavio:
                  Pues anótalo, Antonio.

Lépido:
   A condición de que no quede vivo
   Publio, Antonio, que es hijo de tu hermana.

Antonio:
   No vivirá; mira, con una marca
   lo condeno. Pero, Lépido, ahora

vete a casa de César a buscar
el testamento, y así decidiremos
la manera de eliminar algunas
de las mandas de los legados.

Lépido:

                        ¡Qué!
¿os volveré a encontrar aquí?

Octavio:
O bien aquí o en el Capitolio.

(Sale Lépido.)

Antonio:
Este es un hombre de muy poco mérito,
bueno para enviarle a hacer mandados.
¿Conviene, dividido en tres el mundo,[28]
que él quede como uno de los tres
que van a compartirlo?

Octavio:

  Eso pensabas,
y aceptaste su voto sobre quiénes
debían anotarse en nuestra negra
lista de proscripciones y sentencias.

Antonio:
He visto, Octavio, más días que tú:

---

28 En las tres áreas del Imperio Romano: África, Europa y Asia.

y aunque impongamos hoy sobre este hombre
estos honores, para así aliviarnos
de un cúmulo de cargas infamantes,
ha de llevarlos como el asno el oro,
jadeando y sudando bajo el peso,
mandado o dirigido por nosotros
según le señalemos el camino;
cuando el tesoro esté donde queremos,
le quitamos su peso, y lo soltamos
como un asno sin carga, a sacudir
las orejas y a pastar a los prados
públicos.

Octavio:

        Puedes hacer lo que quieras;
pero es un soldado experto y valiente.

Antonio:
También lo es mi caballo, y por eso
le asigno, Octavio, una mayor ración.
Es una criatura que enseñé
a pelear, a dar vuelta, a detenerse,
a correr rectamente a su objetivo;
su movimiento corporal regido
por mi mente. Lépido, en cierto modo,
no es más que eso; debe ser enseñado
y entrenado, y hay que hacerlo marchar;
es un hombre de espíritu infecundo;
uno que se alimenta de desechos
e imitaciones que, ya abandonados
y abaratados por los otros hombres,
para él son la moda. De él no hablemos

sino como de un medio. Ahora, Octavio,
oye cosas de peso: Bruto y Casio
están haciendo levas: de inmediato
deberemos cargar contra sus fuerzas.
Por lo tanto acordemos nuestra alianza,
comprometamos a nuestros amigos,
saquemos partido de nuestros medios
y enseguida vamos a decidir
de qué modo descubrir lo encubierto,
de qué modo enfrentar obvios peligros.

Octavio:
Hagámoslo.
Porque estamos atados a la estaca[29]
y azuzados por muchos enemigos;
y me temo que algunos que sonríen
en su corazón llevan mil intrigas.

(Salen.)

---

[29] Como en el popular entretenimiento en que un oso, atado a un poste, se hacía acosar por los perros.

ESCENA II

Campamento cerca de Sardis,[30] *ante la tienda de Bruto. (Tambores. Entran* Bruto, Lucilio, Lucio y soldados; Titinio y Píndaro *van a su encuentro.)*

Bruto:
¡Alto ahí, deteneos!

Lucilio:
¡Decid el santo y señal! Deteneos.

Bruto:
¡Qué pasa ahí, Lucilio!
¿Se aproxima Casio?

Lucilio:
                    Está al llegar,
y Píndaro ha venido a saludaros
de su parte.

(Píndaro entrega a Bruto *una carta.)*

Bruto:
             Su bienvenida es buena.
Píndaro, tu señor, porque ha cambiado,
o por obra de malos oficiales,
me dio legítimos motivos para
querer que algunas cosas que se hicieron

---

30 Sardis. Capital del reino de Lydia, en Asia Menor.

pudieran deshacerse; pero si él
está cerca, me dará explicaciones.

Píndaro:
Yo no dudo que mi noble señor
se mostrará, tal como es, colmado
de consideración y de respeto.

Bruto:
No se duda de él. Una palabra,
Lucilio; quiero estar bien informado.
¿Cómo te recibió?

Lucilio:
               Con suficientes
cortesía y respeto, pero no
con aquellas maneras familiares
ni aquel diálogo libre y amistoso
que antes acostumbraba.

Bruto:
                   Has descrito
una gran amistad que está enfriándose.
Lucilio, observa que, cuando el afecto
va empezando a enfermarse y a morir
reviste una afectada ceremonia.
En la amistad sencilla y verdadera
no hay artificios, pero el hombre falso,
como el caballo brioso que al comienzo
da muestras excelentes y promesas
de su temple; pero cuando tendría
que soportar la espuela sanguinaria,

baja la crin, como falso jamelgo,
y sucumbe en la prueba.
¿Se aproxima su ejército?

Lucilio:
Piensan llegar a Sardis esta noche
para acampar. La mayor parte de ellos,
y la caballería en general
han venido con Casio.

(Suena una marcha dentro.)

Bruto:
                     ¡Atención! Aquí llegan.
Vayamos a su encuentro cortésmente.

(Entran Casio y soldados.)

Casio:
Alto ahí. ¡Deteneos!

Bruto:
Deteneos. ¡Alto! Corred la voz.

Soldado 1:
¡Alto!

Soldado 2:
¡Alto!

Soldado 3:
¡Alto!

Casio:
   Muy noble hermano, tú me has agraviado.

Bruto:
   ¡Juzgadme, dioses! ¿A mis enemigos
   suelo agraviar? Y si esto no es así,
   ¿cómo podría agraviar a un hermano?

Casio:
   Tu dignas maneras cubren agravios
   y cuando los cometes...

Bruto:
                     Calma, Casio;
   Plantéame tus quejas en voz baja.
   Yo te conozco bien. Ante los ojos
   de nuestros dos ejércitos reunidos,
   que no debieran ver entre nosotros
   más que afecto, no debemos reñir.
   Mandemos que se aparten, y en mi tienda
   darás, Casio, rienda suelta a tus quejas
   y yo te escucharé.

Casio:
                     Píndaro, manda
   a nuestros jefes que aparten un poco
   sus tropas de este punto.

Bruto:
                     Tú, Lucilio,
   haz lo mismo; y no dejes que nadie
   se acerque a nuestra tienda hasta que hayamos
   concluido con nuestra conferencia.

Lucilio y Titinio guarden la puerta.

(Salen.)

ESCENA III

*Sardis. Dentro de la tienda de Bruto.
(Entran* Casio y Bruto.*)*

Casio:
Que me agraviaste se revela en esto:
condenaste e infamaste a Lucio Pella
por aceptar sobornos de los sardios,
mientras mis cartas en que intercedía
por él, porque conozco bien al hombre,
eran desestimadas.

Bruto:
                    Te agraviaste
tú mismo escribiendo sobre eso.

Casio:
En momentos como este no conviene
llevar cuenta de cada leve falta.

Bruto:
Permite que te diga que a ti mismo
se te condena, Casio, por tener
la mano codiciosa; por vender
y traficar por oro posiciones
a indignos.

Casio:

     ¡Yo, mano codiciosa!
Sabes que es Bruto quien me habla así,
o esas palabras tuyas ¡por los dioses!
serían las postreras.

Bruto:

      Y es tu nombre
el que cohonesta dicha corrupción;
y así el castigo esconde su cabeza.

Casio:
 ¡Castigo!

Bruto:
 Acuérdate de Marzo, de los Idus
de Marzo, acuérdate. ¿Y no fue en pro
de la justicia que corrió la sangre
del gran Julio? ¿Quién será el miserable
que su cuerpo tocó, que apuñaleó
y no por la justicia? ¡Cómo es eso!
¿Alguno de nosotros que abatimos
al hombre más eximio de este mundo
solamente porque amparó a ladrones,
mancharía su mano con sobornos
viles, y vendería el ancho espacio
de nuestros cargos colmados de honores
por la basura que con eso logra?
Mejor preferiría ser un perro
y ladrar a la luna que un romano
como ése.

Casio:
> Bruto, a mí no me ladres;
no voy a tolerarlo; tú te olvidas
de ti mismo al acosarme así.
Soy un soldado más viejo en la práctica
y más capaz que tú para imponer
condiciones.

Bruto:
> Bah, no lo eres, Casio.

Casio:
Lo soy.

Bruto:
> Y yo digo que no lo eres.

Casio:
No me acoses ya más,
porque voy a olvidarme de mí mismo;
piensa en tu vida, y no me tientes más.

Bruto:
¡Fuera de aquí, hombre despreciable!

Casio:
¿Es posible?

Bruto:
> Oye lo que te digo:
¿debo ceder a tu atrevida cólera?
¿me asustaré porque me mira un loco?

Casio:
¡Dioses! ¡Dioses! ¿Debo soportar esto?

Bruto:
Sí. Todo esto y más: enójate hasta
que tu orgulloso corazón se rompa;
ve y muestra a tus esclavos lo rabioso
que te encuentras y haz que tus siervos tiemblen.
¿Debo ceder? ¿Debo atender a tus humores?
¿Erguirme y encorvarme según quiera
tu irritable talante? Por los dioses,
tragarás el veneno de tu furia
aunque eso te haga reventar.
Porque desde este día te usaré
para mi diversión, para mi risa,
ah, sí, cuando te vea de mal genio.

Casio:
¿A esto hemos llegado?

Bruto:
Tú dijiste que eras mejor soldado,
demuéstralo, confirma tu jactancia,
que eso me dará un gusto. Por mi parte,
me alegraré aprendiendo de hombres nobles.

Casio:
Te equivocas conmigo; te equivocas
de todas las maneras, Bruto.
Yo había dicho
un soldado más viejo, no mejor;
¿dije eso, "mejor"?

Bruto:
>Si lo dijiste,
no me preocupa.

Casio:
>Cuando César vivía
no se animaba a exasperarme así.

Bruto:
¡Calla!, ¡Calla! que tú no te animabas
a provocarlo así.

Casio:
>¡No me animaba!

Bruto:
No.

Casio:
>¡Qué! ¿No me animaba a provocarlo?

Bruto:
Por tu vida, que tú no te animabas.

Casio:
No cuentes demasiado con mi afecto;
puedo hacer algo de que me arrepienta.

Bruto:
Ya has hecho algo de que arrepentirte.
No me asustan tus amenazas, Casio;
porque yo estoy tan fuertemente armado
de honestidad que ellas pasan por mí

como el inútil viento que ni advierto.
Mandé a pedirte ciertas sumas de oro
que me negaste, porque yo no puedo
por medios viles recabar dinero.
Por el cielo, más bien acuñaría
mi corazón y haría que mi sangre
goteara en forma de dracmas de plata,
que arrancar de las callosas manos
de nuestros campesinos su vil paga
por ningún medio ilícito. Mandé
que te pidieran oro, necesario
para pagar a mis legiones;
lo negaste. ¿Eso era propio de Casio?
Yo ¿hubiera respondido a Casio así?
¡Cuando Bruto se vuelva tan avaro
que resguarde tales viles monedas
de sus amigos, preparaos, dioses,
a hacerlo trizas con vuestras centellas!

Casio:
No te lo negué.

Bruto:
               Sí, lo hiciste.

Casio:
                     No:
fue un idiota quien trajo mi respuesta.
Bruto ha hecho estallar mi corazón.
Debería un amigo soportar
las faltas de su amigo; pero Bruto
hace mis faltas más de lo que son.

Bruto:
No, hasta que las practicas en mí.

Casio:
No me estimas.

Bruto:
No me gustan tus faltas.

Casio:
El ojo de un amigo no vería
tales faltas.

Bruto:
El de un adulador
no las vería así fuesen tan grandes
como el Olimpo.

Casio:
Ven, joven Octavio,
ven, Antonio, venid y os vengaréis
en Casio solamente, porque Casio
está harto del mundo, aborrecido
por uno a quien él quiere, desafiado
por su hermano, reñido como un siervo;
y todos sus defectos observados,
anotados, sabidos de memoria
para luego arrojármelos al rostro.
¡Oh! llorando podría echar mi espíritu
por mis ojos. Aquí tienes mi daga,
y aquí tienes mi pecho descubierto
y adentro un corazón que es más precioso

que las minas de Pluto, más que el oro;
si eres romano, tómalo. Yo, que oro
te he negado, te doy mi corazón.
Golpea, pues, como golpeaste a César;
porque bien sé que cuando más lo odiabas
más lo querías de lo que jamás
quisiste a Casio.

Bruto:
                    Envaina tu daga.
Enójate cuando te plazca. Eres libre
de hacerlo. Puedes hacer lo que quieras;
hagas lo que hagas, aun lo deshonroso,
lo tendré por antojo. ¡Ah, Casio! estás
acoplado a un cordero que transporta
enojo como fuego el pedernal
que, muy golpeado, lanza fugaz chispa
y se enfría enseguida.

Casio:
                    ¿Vivió Casio
para ser sólo hazmerreír y burla
de su Bruto, cuando su genio pronto
y la preocupación lo perturbaban?

Bruto:
Cuando hablé así, lo estaba yo también.

Casio:
¿Lo reconoces, sí? Dame la mano.

Bruto:
Y el corazón también.

Casio:
                    ¡Bruto!

Bruto:
                    ¿Qué pasa?

Casio:
¿No tienes suficiente afecto para
ser paciente cuando este genio fuerte
que mi madre me trasmitió me hace
olvidar de mí mismo?

Bruto:
                    En adelante,
cuando tú seas demasiado rudo
con tu querido Bruto, él pensará
que quien está enojada es tu madre,
y lo dejará quedar así.

(Ruidos adentro.)

Poeta *(Adentro)*:
Dejadme que vea a los generales;
algún resentimiento hay entre ellos,
y no es conveniente dejarlos solos.

Lucio *(Adentro)*:
No llegarás a ellos.

Poeta *(Adentro)*:
Sólo la muerte puede detenerme.

(Entra el Poeta seguido por Lucilio, Titinio y Lucio.*)*

Casio:
    ¡Qué pasa aquí! ¿Qué es esto?

Poeta:
    ¡Qué vergüenza! ¿Qué pensáis, generales?
    Que haya aquí afecto y amistad
    como ha de haber entre dos hombres tales;
    he vivido más años que vosotros.

Casio:
    ¡Ja, ja! ¡Qué mal rima el filosofante!

Bruto:
    ¡Fuera de aquí, bandido, bribón, fuera!

Casio:
    Sé indulgente con él, él es así.

Bruto:
    Lo seré cuando él sea oportuno.
    Yo quisiera saber para qué sirven
    en la guerra estos necios rimadores.

Casio:
    Hombre, fuera de aquí. Vete ya, vete.

    (Sale el poeta.)

Bruto:
    Id, Lucilio y Titinio; que los jefes
    dispongan la manera de alojar
    sus compañías esta noche.

Casio:
                                   Y
volved aquí inmediatamente
y traed a Mesala con vosotros.

(Salen Lucilio y Titinio.)

Bruto:
Lucio, un jarro de vino.

Casio:
No creí que pudieras enojarte
hasta tal punto.

Bruto:
                    Casio, estoy cansado;
me afligen muchos sufrimientos.

Casio:
No recurres a tu filosofía
si cedes a los males pasajeros.

Bruto:
No hay hombre que soporte los dolores
mejor que yo; Porcia ha muerto.

Casio:
¡Qué! ¡Porcia!

Bruto:
Ha muerto.

Casio:
>¿Como es posible que yo
evitara la muerte al contrariarte?
¡qué intolerable y dolorosa pérdida!
¿De qué murió?

Bruto:
>Inquieta por mi ausencia,
afligida porque el joven Octavio
y Antonio se habían hecho ya tan fuertes
—con su muerte llegaron estas nuevas—
se extravió su razón y, estando ausentes
los que cuidaban de ella, tragó fuego.

Casio:
¿Y así murió?

Bruto:
>Así mismo.

Casio:
>¡Oh, dioses
inmortales!

(Entra Lucio *con vino y bujías.)*

Bruto:
>No hablemos más de ella.
Dame un tazón de vino. En esto, Casio,
entierro yo todas las amarguras.

(Bebe.)

Casio:
   También mi corazón está sediento
   de ese noble brindis. Llena, Lucio,
   la copa hasta que el vino se derrame;
   nunca podría beber demasiado
   por el amor de Bruto.

   (Bebe.)

   (Sale Lucio.)

   (Entran Titinio y Mesala.)

Bruto:
   ¡Adelante, Titinio!
   ¡Bienvenido, mi buen Mesala! Ahora
   siéntate aquí, cerca de esta bujía
   y estudiemos lo que es preciso hacer.

Casio:
   ¿Te has ido, Porcia?

Bruto:
                     No más, te lo ruego.
   Oye, Mesala, estas cartas me informan
   que Marco Antonio y el joven Octavio,
   al mando de una fuerza poderosa,
   dirigiéndose hacia Filipos, marchan
   sobre nosotros.

Mesala:
                     También tengo cartas
   de ese mismo tenor.

Bruto:
                ¿Agregan algo?

Mesala:
   Que en base a proscripciones y decretos
   que los ponían fuera de la ley,
   Octavio, Antonio y Lépido hicieron
   dar muerte a un centenar de senadores.

Bruto:
   En esto no concuerdan nuestras cartas;
   las mías sólo dicen que murieron
   por proscripción, setenta senadores
   y que uno de ellos era Cicerón.

Casio:
   ¡Cicerón, uno de ellos!

Mesala:
                    Cicerón
   está muerto, por el mismo decreto
   de proscripción. Vuestras cartas, señor,
   ¿eran de vuestra esposa?

Bruto:
                        No, Mesala.

Mesala:
   ¿Ni había en vuestras cartas nada de ella?

Bruto:
   Nada, Mesala.

Mesala:
> Eso, pienso, es extraño.

Bruto:
  ¿Por qué preguntas? ¿Supiste algo de ella
  por tus cartas?

Mesala:
> No, señor mío.

Bruto:
> Vamos,
  como un romano, dime la verdad.

Mesala:
  Como un romano, entonces, soportad
  la verdad que os digo; es seguro
  que ella ha muerto, y de extraña manera.

Bruto:
  Bien, adiós, Porcia.
  Todos tenemos que morir, Mesala:
  y pensando que ella alguna vez
  tenía que morir, ahora tengo
  resignación para sobrellevarlo.

Mesala:
  Es de este modo que los grandes hombres
  deben sobrellevar las grandes pérdidas.

Casio:
  Sé tanto acerca de esto en teoría

como vos. Sin embargo, mi carácter
nunca podría soportarlo así.

Bruto:
Bien;
pasemos a ocuparnos de los vivos.
¿Qué pensáis de marchar ya hacia Filipos?

Casio:
No lo creo acertado.

Bruto:
¿Tus razones?

Casio:
Estas:
es mejor que nos busque el enemigo;
gastará sus recursos; cansará
a sus hombres, dañándose a sí mismo;
mientras nosotros, al quedarnos quietos,
tendremos abundancia de descanso,
de defensas y bríos.

Bruto:
Es preciso
que las buenas razones dejen paso
a las mejores. Las gentes que habitan
entre Filipos y este lugar, sólo
de manera forzada nos apoyan;
de mala gana dieron sus impuestos;
el enemigo, al marchar entre ellos,
conseguirá entre ellos un buen número,

vendrá fresco, brioso, acrecentado;
son ventajas de que le privaremos
si vamos a enfrentarlo allá en Filipos
dejando a nuestra espalda estos poblados.

Casio:
  Oye, querido hermano...

Bruto:
              No, perdona.
Debes también tener en cuenta que
ya pusimos a prueba a los amigos
hasta el fondo, que ya están rebosantes
las legiones; nuestra causa, en sazón;
el enemigo crece cada día:
nosotros, en lo alto, estamos prontos
para caer. Porque hay una marea
en las cosas humanas que, tomadas
en la creciente, lleva a la fortuna;
al ignorarla, el viaje de la vida
se desliza entre escollos y desgracia.
Hoy estamos en esta pleamar
y tenemos que tomar la corriente
cuando es favorable o nuestra empresa
fracasará.

Casio:
      Bien, adelante, pues,
como quieras; nos pondremos en marcha,
y nos encontraremos en Filipos.

Bruto:
Sobre nuestras palabras, lo profundo
de la noche se ha deslizado;
nuestra naturaleza debe obedecer
a la necesidad que engañaremos
con un poco de sueño. ¿Hay algo más
que conversar?

Casio:
            Nada más; buenas noches;
mañana madrugaremos, y en marcha.

Bruto:
¡Lucio!

(Entra Lucio.)

        Mi toga.
(Sale Lucio.)

            Adiós, mi buen Mesala.
Para ti, buenas noches, Titinio.
Mi noble, noble Casio, buenas noches,
que descanses.

Casio:
            ¡Oh, mi querido hermano!
Tuvo esta noche un mal comienzo. ¡Nunca
tal división separe nuestras almas!
No lo permitas, Bruto.

Bruto:
                    Así está bien.

Casio:
Buenas noches, mi señor.

Bruto:
Buenas noches, mi buen hermano.

Titinio y Mesala:
Buenas noches, mi señor Bruto.

Bruto:
Adiós a cada uno.

(Salen Casio, Titino y Mesala.)

(Entra Lucio con la túnica.)

                    Lucio, dame
la túnica. ¿Dónde está tu instrumento?

Lucio:
Aquí en la tienda.

Bruto:
                    ¿Qué te pasa? Hablaste
adormilado. Pobre chico, nada
te reprocho; has velado en exceso.
Llama a Claudio y a alguno de mis hombres;
dormirán en mi tienda sobre unos
acolchados.

Lucio:
          ¡Varro! ¡Claudio!

(Entran Varro y Claudio.)

Varro:
                    ¿Llamáis,
señor mío?

Bruto:
          Os lo ruego, señores,
acostaos a dormir en mi tienda:
tal vez de vez en cuando os despierte
por mis asuntos con mi hermano Casio.

Varro:
Si queréis, velaremos esperando
vuestras órdenes.

Bruto:
          No, no quiero eso;
Acostaos, buenos señores, puede
que cambiara de idea.

(Varro y Claudio se acuestan.)

              Mira, Lucio,
aquí está el libro que antes te pedí;
lo puse en el bolsillo de mi túnica.

Lucio:
Estaba muy seguro de que no
me lo dio vuestra señoría.

Bruto:
>Excúsame,
mi buen muchacho; estoy muy distraído.
¿Podrías por un rato sostener
tus párpados pesados y tocar
una tonada o dos en tu instrumento?

Lucio:
Sí, señor, si os place.

Bruto:
>Sí, me place,
hijo; yo te molesto por demás
pero tú tienes buena voluntad.

Lucio:
Es mi deber, señor.

Bruto:
>No debería
requerir tus deberes más allá
de tus fuerzas; sé que la sangre joven
requiere mucho tiempo de descanso.

Lucio:
Ya he dormido, señor.

Bruto:
>Pues muy bien hecho
y dormirás de nuevo; yo no voy
a retenerte mucho; si es que vivo
seré bueno contigo.

(Música y una canción.)

Es una melodía soñolienta;
¡Oh, tú, sueño asesino!
¿Has dejado caer tu plúmbea maza
sobre el chico que para ti tocaba?
Muy buenas noches, mi gentil muchacho,
No voy a ser tan cruel que te despierte.
Pero, si cabeceas, romperás
el instrumento; te lo quitaré.
Ahora, mi buen Lucio, buenas noches.
Ah, veamos, veamos, ¿no he doblado
aquella hoja donde suspendí
la lectura? Aquí está, me parece.

(Entra el Espectro de César.*)*

¡Qué mal arde esta vela!¡Eh! ¿Quién viene?
Son mis débiles ojos los que, creo,
dan forma a esta monstruosa aparición.
Se me acerca. ¿Eres alguna cosa?
¿Eres un dios, un ángel o un demonio
que hace helar mi sangre y que me pone
los cabellos de punta? Di quién eres.

Espectro:
 Soy tu espíritu malo.

Bruto:
                    ¿A qué has venido?

Espectro:
　　He venido a decirte que en Filipos
　　me verás.

Bruto:
　　　　　　　Bien: ¿te veré, pues, de nuevo?

Espectro:
　　Sí, en Filipos.

Bruto:
　　　　　　　Pues te veré en Filipos:

(Sale el Espectro.*)*

　　Ahora, cuando yo me he recobrado,
　　tú desapareciste. Mal espíritu,
　　hubiera querido hablar más contigo.
　　¡Muchacho! ¡Eh! ¡Lucio! ¡Claudio! ¡Varro!
　　¡Señores, despertad! ¡Claudio!

Lucio:
　　　　　　　　　　　　Estas cuerdas
　　señor mío, están desafinadas.

Bruto:
　　Cree que todavía está tocando
　　su instrumento. ¡Lucio, Lucio, despierta!

Lucio:
　　¡Señor mío!

Bruto:
¿Soñabas, Lucio, y gritaste así?

Lucio:
Yo no sabía que había gritado.

Bruto:
Sí, eso hiciste. ¿Acaso viste algo?

Lucio:
Nada, señor.

Bruto:
Vuelve a dormirte, Lucio. ¡Claudio, arriba!
¡Hombre! ¡Despiértate!

Varro:
                ¡Señor!

Claudio:
                ¡Señor!

Bruto:
¿Por qué, señores, gritasteis en sueños
de ese modo?

Varro y Claudio:
         Señor, ¿hemos gritado?

Bruto:
Sí. ¿Acaso visteis algo?

Varro:
                    No, señor,
    nada he visto.

Claudio:
            Tampoco yo, señor.

Bruto:
                            Id,
    dad mis saludos a mi hermano Casio.
    Rogadle que temprano se adelante
    con sus tropas. Nosotros seguiremos
    detrás de ellos.

Varro y Claudio:
                Así se hará, señor.

(Salen.)

Acto V

ESCENA I

Llanuras de Filipos.
(Entran Octavio, Antonio y su ejército.)

Octavio:
					Ahora, Antonio,
¡se ven cumplidas nuestras esperanzas!
Habías dicho que nuestro enemigo
no bajaría, que se mantendría
en las colinas y en las zonas altas.
Comprobamos que no es así; sus tropas
están cerca y quieren enfrentarnos
aquí mismo, en Filipos, atacándonos
antes de que los provoquemos.

Antonio:
					¡Bah!
Sé muy bien lo que planean, y sé
sus motivos; ellos preferirían
estar en otro sitio, y descienden
con medrosa bravura, procurando
con su apariencia darnos la impresión
de que tienen coraje; no es así.

(Entra un mensajero.)

Mensajero:
A prepararos, generales: llega
el enemigo en bella formación
enarbolando su bandera roja
de combate, y algo debe hacerse
de manera inmediata.

Antonio:
                    Lleva, Octavio,
de manera pausada tus legiones;
a mano izquierda sobre el campo llano.

Octavio:
Yo a la mano derecha; tú, a la izquierda.

Antonio:
¿Por qué me enfrentas en esta emergencia?

Octavio:
No te enfrento, pero lo quiero así.

(Marcha. Tambores.)

(Entran Bruto, Casio *y su ejército;* Lucilio, Titinio, Mesala *y otros.)*

Bruto:
Hacen alto, querrán parlamentar.

Casio:
   Titinio, hagamos alto de inmediato:
   debemos salir y conferenciar.

Octavio:
   Marco Antonio, ¿daremos la señal
   de combatir?

Antonio:
               No, César, sólo vamos
   a contraatacar cuando ellos ataquen.
   Adelante; los generales quieren
   cambiar unas palabras.

Octavio:
                     No os mováis
   hasta que se dé la señal.

Bruto:
   ¿Unas palabras antes de los golpes?
   ¿Es así, compatriotas?

Octavio:
                     Pues no porque
   prefiramos hablar, como vosotros.

Bruto:
   Son preferibles las buenas palabras,
   a los malos golpes, Octavio.

Antonio:
                     Bruto,

das malos golpes con buenas palabras:
testigo, el agujero aquel que hiciste
a César en el corazón, gritando
¡Viva César! ¡Salve César!

Casio:
                              Antonio,
el lugar de tus golpes todavía
no se conoce; pero tus palabras
a las abejas de Hybla las despojan[31]
dejándolas sin miel.

Antonio:
                    ¿Sin aguijón,
también?

Bruto:
Oh, sí. Y también sin su sonido
puesto que, Antonio, tú les has robado
su zumbido, y muy discretamente
amenazas antes de aguijonear.

Antonio:
¡Villanos! No lo hicisteis así cuando
vuestros viles puñales se mellaron
uno tras otro en el pecho de César;
Enseñabais los dientes como monos,
y movíais la cola como cuzcos,
y hacíais reverencias como esclavos

---

31 Hybla. Un lugar en Sicilia que era famoso por la excelencia de su miel.

y doblabais la espalda como siervos
para besar los pies de César; mientras
el condenado Casca como un perro
hería a Julio César por la espalda,
en el cuello. ¡Vosotros, adulones!

Casio:
   ¡Adulones!
   Date, Bruto, las gracias a ti mismo;
   esa lengua hoy no habría ofendido
   de haber mandado Casio.

Octavio:
                            Vamos, vamos,
   al asunto. Si al discutir sudamos,
   el probarlo dará gotas más rojas.
   Mirad, yo desenvaino la espada
   contra los conspiradores.
   ¿Cuándo creéis que volveré a envainarla?
   Nunca, hasta que las treinta y tres heridas
   de Julio César sean bien vengadas
   o hasta que otro César sume el crimen
   a la espada de los traidores.

Bruto:
                            César,
   no has de morir a manos de traidores
   a menos que los traigas tú contigo.

Octavio:
   Eso es lo que espero. No he nacido
   para morir por la espada de Bruto.

Bruto:
Si fueras el más noble de tu casa
no podrías morir de una manera
más honorable, tú, joven Octavio.

Casio:
Un muchachito impertinente, indigno
de tal honor, unido a un histrión
y a un juerguista.

Antonio:
¡Basta ya, viejo Casio!

Octavio:
Vamos, Antonio, ¡vámonos! Traidores,
Os lanzamos este reto a los dientes:
si os animáis a pelear hoy mismo,
salid al campo. Y, si no, hacedlo
cuando os animéis.

(Salen Octavio, Antonio y su ejército.)

Casio:
¡Pues sople el viento, hínchense las velas,
y bogue el barco! Estalló la tormenta
y todo está en las manos del azar.

Bruto:
¡Oye! Eh, tú, Lucilio, una palabra.

Lucilio:
¿Señor?

(Bruto y Lucilio hablan aparte.)

Casio:
 ¡Mesala!

Mesala:
  ¿Qué dice mi general?

Casio:
 Mesala, hoy es mi cumpleaños;
 en este mismo día nació Casio.
 Dame tu mano y sé testigo mío
 de que, contra mi voluntad y como
 lo fue Pompeyo, me veo obligado
 a jugar todos nuestros privilegios
 en un solo combate. Como sabes,
 adhería firmemente a Epicuro
 y a su opinión; pero hoy cambié de idea
 y doy crédito en parte a los presagios.
 Al venir desde Sardis, se posaron
 en el estandarte del buque insignia
 dos poderosas águilas, y allí
 se quedaron prendidas, y las manos
 de nuestros hombres las alimentaban
 y cebaban; y así nos escoltaron
 hasta aquí, hasta Filipos; pero hoy
 de mañana volaron y se fueron;
 vuelan en su lugar cuervos y buitres
 sobre nuestras cabezas y mirando
 hacia abajo, a nosotros, como si
 fuéramos ya sus presas moribundas.
 Sus sombras tienen toda la apariencia

de un funesto dosel bajo del cual
yaciera nuestro ejército, ya listo
para rendir el alma.

Mesala:
                No lo creas.

Casio:
Sólo lo creo en parte, porque soy
sano de espíritu y estoy resuelto
a enfrentar los peligros con firmeza.

Bruto:
Aun así, Lucilio.

Casio:
                Ahora, insigne Bruto,
que los dioses estén de nuestra parte,
para que en paz y amigos, nuestros días
nos puedan conducir a la vejez.
Pero siendo las cosas de los hombres
siempre inciertas, vamos a razonar
con lo peor que pueda sucedernos.
Si perdemos esta batalla, ésta
es la última vez que conversamos:
si es así,¿cómo piensas proceder?

Bruto:
En un todo de acuerdo con las normas
de esa filosofía por la cual
yo censuré a Catón por darse muerte.
No sé, pero considero que es vil

y cobarde, por miedo a lo que venga,
acortar así el tiempo de la vida;
armado de paciencia esperaré
lo que deparen los altos poderes
que nos gobiernan aquí abajo.

Casio:

Entonces, si perdemos la batalla
¿te vas a resignar a ser llevado
por las calles de Roma, en triunfo?

Bruto:

No, Casio, no.
No vayas a creer, noble romano,
que Bruto irá jamás cautivo a Roma:
él tiene un alma demasiado grande;
pero este mismo día ha de acabar
la tarea que los Idus de Marzo
comenzaron; y aunque no sé si hemos
de encontrarnos de nuevo, o si no,
nos daremos aquí un eterno adiós:
¡para siempre, para siempre, adiós, Casio!
Si nos volvemos a encontrar, pues bien,
vamos a sonreír; si no es así,
pues, nuestra despedida ha estado bien.

Casio:

¡Por siempre y siempre, te digo adiós, Bruto!
Si nos volvemos a encontrar, por cierto,
vamos a sonreír; si no, en verdad,
que nuestra despedida ha estado bien.

Bruto:
>Bueno, llévanos, pues, a la batalla.
>¡Ah! Si el hombre pudiera conocer
>el final de las cosas de este día,
>antes que el final llegue; pero alcanza
>conque llegue a su fin el día, entonces
>se conoce el final. ¡Vamos! ¡Eh! ¡En marcha!

(Salen.)

ESCENA II

Filipos; el campo de batalla.
(Toque de combate. Entran Bruto y Mesala.)

Bruto:
>Galopa, galopa, Mesala.
>Galopa y haz entrega de estas órdenes
>a las legiones sobre el otro flanco.

(Fuerte toque de ataque.)

>Que ataquen de inmediato, pues advierto
>que en el ala de Octavio el coraje
>es tibio y un ataque fulminante
>los derrotará. Al galope, Mesala,
>¡Al galope! Que ataquen por sorpresa.

(Salen.)

ESCENA III

Otra parte del campo de batalla.
(Toque de combate. Entran Casio y Titinio.*)*

Casio:
   Mira, Titinio, mira, cómo huyen
   los villanos. Yo me he vuelto enemigo
   de los míos; ese portaestandarte
   mío, iba retrocediendo. Yo
   maté al cobarde y le quité la insignia.

Titinio:
   Oh, Casio, Casio. Bruto dio la orden
   demasiado temprano, pues teniendo
   una cierta ventaja sobre Octavio,
   se lo tomó con demasiado ímpetu.
   Sus hombres se entregaron al pillaje
   mientras que Antonio nos iba rodeando.

   (Entra Píndaro.*)*

Píndaro:
   Huid de aquí, señor, huid más lejos;
   Marco Antonio se encuentra en vuestras tiendas:
   Huid, pues, noble Casio, huid bien lejos.

Casio:
   Esta colina está bastante lejos.
   Mira, mira, Titinio. ¿Son mis tiendas
   esas que veo arder?

Titinio:
> Señor, son ésas.

Casio:
Titinio, si me estimas,
móntate en mi caballo, hunde en sus flancos
las espuelas, hasta que te conduzca
a aquellas tropas, y de vuelta aquí;
que quiero estar seguro si esas tropas
son nuestras o enemigas.

Titinio:
> Volveré
con la velocidad del pensamiento.

(Sale.)

Casio:
Píndaro,
sube a lo alto de aquella colina;
mi vista siempre ha sido defectuosa;
mira a Titinio y dime lo que adviertas
en el área del campo de batalla.

(Sale Píndaro.)

En este día di el primer aliento;
el tiempo ha concluido ya su círculo
y donde comencé he de terminar;
mi vida ha recorrido ya su órbita.
Muchacho, ¿qué noticias?

Píndaro *(Arriba)*:
>¡Oh, señor!

Casio:
¿Qué noticias?

Píndaro:
>Titinio está rodeado de jinetes
que marchan sobre él a la carrera;
pero sigue adelante; ¡ya le alcanzan!
¡Valor, Titinio! Algunos descabalgan;
¡Ah! Él también; lo han apresado.

(Clamores.)

>Oíd.

Están gritando de alegría.

Casio:
>Baja;

no mires más.
¡Ah, cobarde de mí,
que viví tanto tiempo para ver
cómo caía mi mejor amigo
ante mis ojos!

(Píndaro baja.)

>Ven aquí, muchacho,

cuando en Parthia te hice prisionero,
te hice jurar, al salvarte la vida,
que cualquier cosa que yo te ordenase,

tratarías de hacerla. Ven, ahora,
cumple tu juramento, y hazte libre;
con la misma espada que atravesó
las entrañas de César, busca ahora
este pecho.
No te detengas para replicar.
Toma, la empuñadura, así; y cuando
me haya cubierto el rostro, como ahora,
guía la espada.

(Píndaro toma la espada y mata a Casio.)

¡César, estás vengado,
y con la misma espada que te mató!

Píndaro:
De modo que soy libre; y, con todo,
de haber podido hacer mi voluntad,
no hubiera sido así. ¡Oh, Casio!
Lejos de este país huirá Píndaro,
donde nunca un romano pueda verlo.

(Sale.)

(Entra Titinio con Mesala.)

Mesala:
Titinio, esto es nada más que un cambio:
porque Octavio ha sido dominado
por las fuerzas de Bruto, así como
las legiones de Casio por Antonio.

Titinio:
Estas nuevas confortarán a Casio.

Mesala:
¿Dónde quedó?

Titinio:
              Lleno de desconsuelo,
con Píndaro, su siervo, en la colina.

Mesala:
¿No es él aquel que yace sobre el suelo?

Titinio:
No yace ahí como los vivos. ¡Oh,
corazón mío!

Mesala:
              ¿No es él ése?

Titinio:
                    No,
ése era él, Mesala; pero Casio
no es más. ¡Oh! sol poniente, como te hundes
entre tus rayos rojos en la noche,
se pone entre su roja sangre el día
de Casio. Se ha puesto el sol en Roma.
Nuestro día ha pasado.
Sombras, nieblas, peligros, venid ya;
nuestras acciones se han cumplido en vano.
Su poca fe en mi éxito hizo esto.

Mesala:
Su poca fe en el éxito hizo esto.
¡Ah, odioso error, hijo del desaliento!
¿Por qué muestras las cosas que no son
al pensamiento crédulo del hombre?
Oh, error, que pronto concebido, nunca
arribaste a un feliz alumbramiento,
y que, en vez de ello, mataste a la madre
que te engendró.

Titinio:
              ¡Píndaro! ¿Dónde estás?
Eh, Píndaro.

Mesala:
              Búscalo tú, Titinio,
mientras voy a buscar al noble Bruto,
y a clavar esta nueva en sus oídos:
digo clavar porque el tajante acero,
y el dardo envenenado, van a ser
tan bienvenidos para los oídos
del noble Bruto como las noticias
de este espectáculo.

Titinio:
              Apúrate, Mesala,
y, mientras tanto, yo buscaré a Píndaro.

(Sale Mesala.)

¿Para qué me enviaste, bravo Casio?
¿No encontré a tus amigos? ¿No pusieron

en mis sienes laureles de victoria
rogándome que te los diera a ti?
¿Acaso no escuchaste sus clamores?
¡Ay! Interpretaste mal todas las cosas.
Pero lleva en tu frente esta guirnalda.
Tu Bruto me pidió que te la diera;
yo cumplo su pedido. Bruto, apúrate,
vé cómo respeté yo a Cayo Casio.
Con vuestra venia, dioses; así parte
un romano. Ven, espada de Casio,
a encontrar el corazón de Titinio.

(Se mata.)

(Toque a rebato. Entran Mesala, Bruto, Catón el joven, Estrato, Volumnio y Lucilio.)

Bruto:
   ¿Dónde, dónde, Mesala, dónde yace
   su cadáver?

Mesala:
               Vedlo allá, y Titinio
   que lo llora.

Bruto:
               Titinio está de espaldas.

Catón:
   ¡Se ha matado!

Bruto:
> ¡Ah, Julio César! Eres
> todavía grandioso. Tu espíritu
> anda vagando y hace que se vuelvan
> nuestras propias espadas contra nuestras
> propias entrañas.

(Toque a rebato.)

Catón:
> ¡Valiente Titinio!
> ¡Ved si no ha coronado a Casio muerto!

Bruto:
> ¿Quedan aún romanos como éstos?
> ¡Adiós, el último de los romanos!
> Es imposible que Roma jamás
> engendre uno igual a ti. Amigos,
> a este muerto debo yo más lágrimas
> de las que ahora me veréis pagarle.
> Ya encontraré el momento, Casio, ya
> encontraré el momento. Venid, pues,
> y haced llevar a Thasos su cadáver.
> Que no se hagan estos funerales
> en nuestro campamento, pues podrían
> desanimarnos. Ven, Lucilio, y ven,
> Catón; vamos al campo de batalla.
> Labeo y Flavio llevan adelante
> nuestras tropas; son las tres y, romanos,
> probaremos fortuna en un segundo
> enfrentamiento antes de la noche.

(Salen.)

ESCENA IV

Otra parte del campo.
(Toque a rebato. Entran luchando soldados de ambos ejércitos; luego, Bruto, Mesala, Catón *el joven,* Lucilio, Flavio *y otros.)*

Bruto:
¡Compatriotas, mostrad aún coraje!

Catón:
¿Y qué bastardo no lo haría? ¿Quién
irá conmigo? Voy a proclamar
mi nombre por el campo de batalla.
¡Soy el hijo de Marcos Catón, eh!
Un enemigo para los tiranos,
y un amigo de mi país. ¡Yo
soy el hijo de Marcos Catón, eh!

Lucilio:
¡Y yo soy Bruto, Marco Bruto, yo!
Yo soy Bruto, el amigo de mi patria.
¡Sabed que yo soy Bruto!

(Sale cargando contra el enemigo. Catón *es dominado y cae.)*

Noble y joven Catón ¿has caído?
Pues, has muerto tan bravamente ahora
como Titinio, y puedes recibir
honores, siendo el hijo de Catón.

Soldado 1:
  Ríndete o muere.

Lucilio:
              Sólo me rendiré
  para morir: aquí hay lo suficiente
  para que tú me mates de inmediato.

  (Le ofrece dinero.)

  Mata a Bruto, y hónrate con su muerte.

Soldado 1:
  No debemos. ¡Un prisionero noble!

  (Entra Antonio.)

Soldado 2:
  ¡Haced sitio! ¡Eh! Informad a Antonio
  que hemos prendido a Bruto.

Soldado 1:
              Le daré
  la noticia: aquí está el general.
  Bruto ha sido prendido, Bruto ha sido
  prendido, señor mío.

Antonio:
              ¿Dónde está?

Lucilio:
  Bruto está a salvo, Antonio.

Bruto está lo suficientemente a salvo;
me atrevo a asegurarte que jamás
prenderá vivo a Bruto un enemigo.
¡Protéjanlo los dioses de vergüenza
semejante! Que cuando lo encontréis,
vivo o muerto, ha de ser encontrado
tal cual es Bruto; idéntico a sí mismo.

Antonio:
Este no es Bruto, amigos pero es
una presa de no menos valor,
por cierto. Guardad a salvo a este hombre,
y tratadle con toda cortesía;
yo prefiero tener a tales hombres
por amigos y no por enemigos.
Id ahora a ver si Bruto está
vivo o muerto y venid a informarme
a la tienda de Octavio con respecto
a todo aquello que esté sucediendo.

(Sale.)

ESCENA V

Otra parte del campo.
(Entran Bruto, Dardanio, Clito, Estratón y Volumnio.)

Bruto:
Venid, pobres restos de mis amigos,
venid a descansar en esta roca.

Clito:
  Estatilio mostró la antorcha, pero
  ya no volvió: lo han prendido o matado,
  señor mío.

Bruto:
  Siéntate, Clito;
  matar es la palabra; es una acción
  que está de moda. Oye, Clito.

  (Susurros.)

Clito:
                    ¿Qué,
  yo, señor? No, ni por el mundo entero.

Bruto:
  ¡Silencio, entonces! No se hable más.

Clito:
  Preferiría matarme a mí mismo.

Bruto:
  ¡Eh, Dardanio!

  (Susurros.)

Dardanio:
  ¿Cometer yo esa acción?

Clito:
  ¡Oh, Dardanio!

Dardanio:
　¡Oh, Clito!

Clito:
　¿Qué mal requerimiento te ha hecho Bruto?

Dardanio:
　Que lo matara; mira, está pensando.

Clito:
　Está ese noble vaso tan colmado
　de pena, que desborda por sus ojos.

Bruto:
　Ven aquí, buen Volumnio; una palabra.

Volumnio:
　¿Qué dice, mi señor?

Bruto:
　　　　　　　　Esto, Volumnio:
　el fantasma de César por dos veces
　se me ha aparecido por la noche:
　una en Sardis, y otra, anoche, aquí,
　en nuestro campamento de Filipos.
　Sé que ha llegado mi hora.

Volumnio:
　　　　　　　　No es así,
　señor mío.

Bruto:
              No, tengo la certeza,
Volumnio. Ya ves cómo andan las cosas,
el enemigo nos ha derrotado;
nos ha llevado al borde del abismo:

(Toque de rebato.)

más honroso es saltar nosotros mismos
que demorar hasta que nos empujen.
Buen Volumnio,
sabes que fuimos juntos a la escuela;
por ese afecto de antes, yo te ruego
sostén la empuñadura de mi espada,
mientras que yo me arrojo sobre ella.

Volumnio:
Señor, no es tarea para un amigo.

(Sigue el toque de rebato.)

Clito:
¡Huid, señor, no hay que tardarse aquí!

Bruto:
Adiós a ti, y a ti, y a ti, Volumnio;
Estratón, has dormido todo el tiempo;
mi adiós, también para ti, Estratón.
Compatriotas, mi corazón se alegra
de que en toda mi vida no he encontrado
un hombre que no me haya sido fiel.
Alcanzaré más gloria en este día

de derrota, más que Octavio y Antonio
alcanzarán por su triunfo vil.
Adiós a todos, pues, sin más tardanza;
ya que la lengua de Bruto ha llegado
casi al fin de la historia de su vida;
sobre mis ojos se cierne la noche;
y mis huesos que habían trabajado
sólo para alcanzar este momento,
quisieran descansar.

(Sigue el toque de rebato. Gritos dentro: "Huid, huid, huid.")

Clito:
¡Huid, señor, huid!

Bruto:
                 ¡Salid de aquí!
Os seguiré.

(Salen Clito, Dardanio y Volumnio.)

        Estratón, te lo ruego,
permanece aún junto a tu señor:
eres hombre estimable; hay en tu vida
cierto dejo de honor; sostén mi espada
y vuelve el rostro mientras yo me arrojo
sobre ella. ¿Lo harías, Estratón?

Estratón:
Primero dadme vuestra mano. Adiós,
señor mío.

Bruto:
                Adiós, buen Estratón.

(Se arroja sobre su espada.)

César,
quedaste en paz ahora. No tenía,
al matarte, la mitad del deseo
con que ahora me mato.

(Muere.)

(Toque de rebato. Retirada. Entran Octavio, Antonio, Mesala, Lucilio *y ejército.)*

Octavio:
    ¿Qué hombre es ese?

Mesala:
    El hombre de mi señor. Estratón,
¿dónde está tu señor?

Estratón:
                Está libre
del cautiverio en que estás, Mesala.
Los vencedores no podrán hacer
con él más que una hoguera; porque Bruto
sólo ha sido vencido por sí mismo
y ningún otro hombre ha de llevarse
la gloria de su muerte.

Lucilio:
>Así debía ser encontrado Bruto. Te agradezco, que hayas dado razón a las palabras de Lucilio, Bruto.

Octavio:
>Emplearé a cuantos estuvieron al servicio de Bruto. ¿Quieres poner tu tiempo a mi servicio?

Estratón:
Sí, si Mesala me recomienda a vos.

Octavio:
Hazlo así, buen Mesala.

Mesala:
¿Cómo murió tu señor, Estratón?

Estratón:
Yo sostuve su espada, y así Bruto se arrojó sobre ella.

Mesala:
>Toma, Octavio, entre tus seguidores a quien hizo el último favor a mi señor.

Antonio:.
Fue el más noble de todos los romanos;

salvo él, todos los conspiradores
hicieron lo que hicieron por envidia
del gran César; sólo él se unió a ellos
pensando honestamente en el bien público.
Y su vida fue noble. De tal modo
balanceábanse en él los elementos
que la Naturaleza podría alzarse
para decir al universo entero:
"¡Ése era un hombre!"

Octavio:
Tratémosle de acuerdo a su virtud,
con todos los respetos y los ritos
funerarios. Que descansen sus huesos
esta noche en mi tienda, honrosamente,
como cumple a un soldado. Por lo tanto,
llamad al campamento a descansar;
y vayamos ahora a compartir
los honores de este dichoso día.

(Salen.)